后浪

张炜晨 著

在
湮没的
历史 中
微笑

柬埔寨吴哥访古

江苏凤凰文艺出版社
JIANGSU PHOENIX LITERATURE AND
ART PUBLISHING

△ 神秘的微笑

我感到心在战栗。此时，除了能够怀着敬慕的心情默默地凝视，你没有办法再组合出一个词去赞美这建筑史上奇妙的景物了。

——亨利·穆奥

序 言

　　我最初记录柬埔寨旅行日记的目的很简单，就是想发发朋友圈，让亲朋好友高兴高兴。而当我深入研究吴哥遗迹，了解柬埔寨的人文历史后，有关吴哥古代文明的传说、历史、宗教、艺术、工程等神奇有趣的内容就源源不断地进入我的视野。一边琢磨，一边查资料、整理照片，我断断续续写了一年，原本计划的碎片式的个人游记最后变成一小本吴哥文化专辑。本书文体是"四不像"，披着"游记"的马甲，夹杂着一些严肃的历史问题，比如古籍资料的解读、遗迹的修复与重建、吴哥文明的历史脉络、古高棉人的生活等，不时还穿插一个伪文艺青年对吴哥遗迹的唏嘘感慨。虽然本书不是按学术文章的范式行文，但内容绝无编造，信息来源确保权威有效。我所参考的资料清单附于书末，有兴趣的读者可进一步深入阅读。

　　在写作过程中，我时常担心柬埔寨不是知名国家，地盘小、人口少、荷包扁、声音弱，写这个国家的人文历史，会有人感兴趣吗?如今的柬埔寨确实并不显眼，但发源、繁荣、衰亡于柬埔寨这片土地的吴哥文明完全能够与古埃及、古巴比伦、玛雅等文明比肩，是人类最宝贵的文化遗产之一。

目前有关吴哥遗址的书籍多是旅行实用手册，对吴哥文明本身的介绍或浅尝辄止，或不够系统。与此同时，详细阐述柬埔寨历史、吴哥文明的书籍又偏学术，不利于普通读者翻阅。在旅行期间，我还经常听见有的游客因看多了吴哥建筑而笑称"审美疲劳"。这令人遗憾，其实吴哥文明值得我们一再回味，游客只要稍微了解其背景知识，就能得到更多的旅行乐趣。所以这本书以我游览柬埔寨各景点的顺序为线索，以游记的形式，全面、系统地介绍了吴哥文明，以及现代视角下的吴哥审美情趣和考古成果，在保证内容准确的前提下，用通俗轻松的文字呈现这个璀璨的文明。

我要感谢妻子赵征（小喵）陪我在柬埔寨度过了浪漫、难忘的旅程；感谢她在本书创作中提供了很多有价值的思路和观点；感谢她在繁忙的工作之余为本书手绘了精彩的游览图。我还要感谢父母对本书写作的支持，感谢女儿第一时间阅读草稿，给我鼓励。

张炜晨

目 录

吴哥魅影

1432年，当吴哥王朝末代国王蓬黑阿·亚特（Ponhea Yat）下决心迁都时，他比谁都清楚，这一别可能就是永远。400多年后，一位西方探险家首次进入吴哥地区，看到了大树缠绕的城门、面容狰狞的多头蛇妖、风格奇特的巨型建筑。这座曾经居住了数十万人口的超级城市、这片养育了上百万高棉人的辽阔平原，除了石头废墟，竟然没有留下一丝一毫文明的气息。柬埔寨人也遗忘了吴哥文明，任其荒废在丛林。也就是说，现在居住在柬埔寨这片土地上的人民与吴哥文明，只有血缘基因的延续，在文化方面并没有传承。幸运的是，考古学家们通过少量的古代文献和出土碑刻，推测出很多信息，揭开了吴

△ 亨利·穆奥，发现吴哥遗迹时34岁

哥神秘面纱的一角。

法国人亨利·穆奥（Henri Mouhot）是第一个以现代方式"发现"吴哥寺的学者。在博物时代，像穆奥这样的冒险者并不罕见，他们在世界各地收集珍奇之物，然后带回欧洲研究。1858年，穆奥抵达东南亚，1860年进入柬埔寨考察。

穆奥从柬埔寨的西方传教士口中得知，在丛林中存在一座堪比巴黎圣母院的宏伟建筑，不过穆奥对此半信半疑。带着西方人的偏见，他相信丛林里有奇异的生物，但不可能有文明。穆奥此行最主要的目的是捕获一种珍稀的蝴蝶，于是他扛着扑蝶网，扎进丛林中开始工作了。

随着探索的深入，树冠遮蔽了阳光，他和当地向导必须费力地砍断树枝藤条，才能艰难地前进。有一天，穆奥开路时，砍刀砸在一块坚硬的石头上，震得虎口发麻。他咒骂了两句，接着却发现在如蛛网般的藤条之下，依稀可以见到奇怪的面孔。他和当地向导刀砍手拽，逐渐扒开藤条。忽然，一条狰狞的巨蛇凝视着他，蛇头高高扬起，似乎马上就要把他吞进肚子里。穆奥惊魂初定后，才发觉那是一座奇怪又恐怖的石雕。

好奇心驱使他往丛林深处走去。终于，穆奥看到了宽宽的护城河、长长的围墙、层层叠叠的神庙，以及如待放莲花般的塔殿，这就是举世无双的吴哥寺，他看到了一个完全不同于已知文明的全新世界。更让他诧异的是，院墙内竟然还有一座佛教寺庙，有

△ 突然出现在眼前的威武狰狞的多头蛇造像

引 言　吴哥魅影

数百名世代奴隶和僧侣维护，宛若世外桃源。

穆奥立刻着手系统地考察吴哥寺，同时绘制了大量吴哥寺的素描。整整3个星期，穆奥围绕着吴哥寺及周边古迹，夜以继日地工作。他在日记中写道："我感到心在战栗。此时，除了能够怀着敬慕的心情默默地凝视，你没有办法再组合出一个词去赞美这建筑史上奇妙的景物了……这些建筑可以和所罗门圣殿媲美，大概是出自某位古代的米开朗琪罗之手吧。在我们最美丽的建筑中，也能占有一席之地。它比希腊或罗马留给我们的任何东西都要宏伟。"

离开柬埔寨后，穆奥前往老挝游历，1861年不幸感染热病去世，年仅35岁。他的蝴蝶标本、日记和写生资料被分批寄回法国，不过标本却在大洋中随船沉没了。

在他的妻子和弟弟的努力下，安然回国的日记和写生资料被编撰成图文并茂的《暹罗柬埔寨老挝诸王国旅行记》出版，立即轰动欧洲。沉睡了400年之久的吴哥在现代的嘈杂声中苏醒，重新回到公众的视野里。

穆奥的游记之所以被认可，关键是他绘制了高质量的素描。当时学术造假之风盛行，以至于不少真东西因太过匪夷所思反而被认为是伪造的，最著名的例子大概就是"鸭嘴兽"[1]了。其实早

1　18世纪晚期，英国殖民者从澳大利亚带回一具鸭嘴兽的标本。它的嘴像鸟类，皮毛像哺乳动物，骨骼像爬行动物，不符合人们认知中的生物特征，所以当时的英国动物学家们都认为这具标本是伪造的。——编者注

在穆奥之前，1586年，方济各会修士安东尼奥·达·马格达连那（António da Madalena）曾在一封信件中详细描绘了吴哥寺的盛景，他也是第一位到访吴哥的欧洲人；中国人周达观成书于13世纪末的《真腊风土记》在1819年被翻译成法文；1857年，法国传教士布意孚（Charles-Émile Bouillevaux）在游记中报告了吴哥寺的情况。因此，穆奥绝非吴哥遗迹的发现者，他只是将其"大众化"了，并引出一门有关"吴哥文明"的显学。

▽ 穆奥的素描作品是科学和艺术的结合

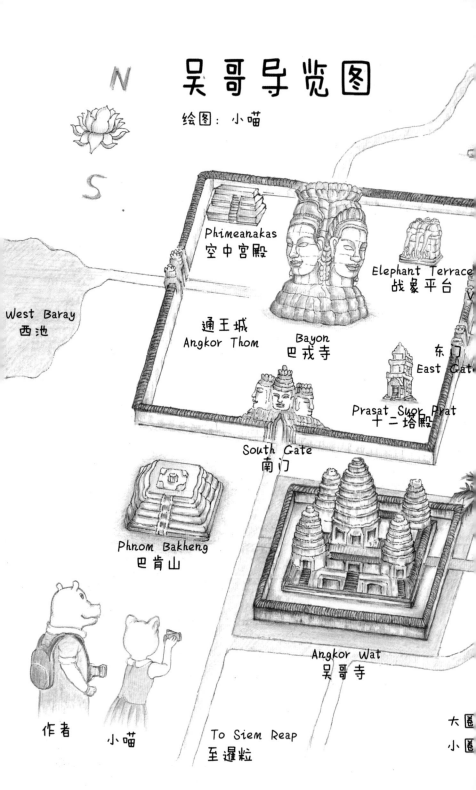

吴哥导览图

绘图：小喵

N

S

West Baray
西池

Phimeanakas
空中宫殿

通王城
Angkor Thom

Bayon
巴戎寺

Elephant Terrace
战象平台

东门
East Gate

Prasat Suor Prat
十二塔殿

South Gate
南门

Phnom Bakheng
巴肯山

Angkor Wat
吴哥寺

作者

小喵

To Siem Reap
至暹粒

大圈
小圈

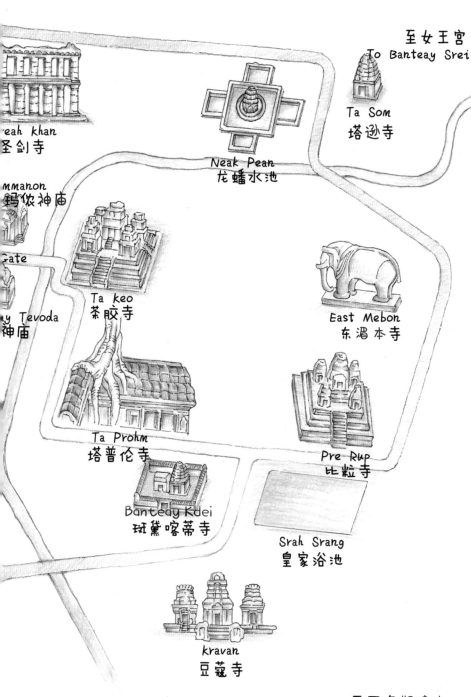

至女王宫
To Banteay Srei

Ta Som
塔逊寺

eah khan
圣剑寺

Neak Pean
龙蟠水池

mmanon
玛侬神庙

ate

Ta keo
茶胶寺

East Mebon
东湄本寺

y Tevoda
神庙

Ta Prohm
塔普伦寺

Pre Rup
比粒寺

Banteay Kdei
斑黛喀蒂寺

Srah Srang
皇家浴池

Kravan
豆蔻寺

至罗洛斯遗址
To Roluos

第一章

文明的滥觞

吴哥的起源

《论语》中有段对话大家都很熟悉：

> 季路问事鬼神。子曰："未能事人，焉能事鬼？"曰："敢
> 问死。"曰："未知生，焉知死？"

中国历史上的士大夫精英阶层一直秉承"敬鬼神而远之"的原则，以实用主义的经世之道来治理国家，但这套文化逻辑在古代柬埔寨是行不通的。

对古高棉人而言，必须做到"先知死"才能"活此生"。生命只是漫漫长路中的一小段，死后的历程更为重要，活着受苦是为了死后永生。同时，神灵无时无刻不在关注着人间，国王则是神

灵的化身，是连接天界和普罗大众的精神纽带，是神灵在人间的三维投影。

那么这套思想是从何而来的呢?这就必须从吴哥文明的起源说起。

柬埔寨地处中南半岛，地理上的便利使原产于印度的文明种子漂洋过海，生根发芽，成长为一株独特的参天大树。柬埔寨今日的国名"Cambodia"源自梵文"Kambujadeśa"，意思是"Kambu后代的土地"，而"Kambu"就是来自印度的圣人。从国名就可以推断出柬埔寨的历史同印度文明存在千丝万缕的联系。

早期柬埔寨的历史记载几乎全部出自中国古籍，最初称为"扶南"，建国于1世纪左右。据记载，扶南没有国王，只有名为"柳叶"的女王。后来一个名叫"混填"的婆罗门贵族因事神有功，得赐一张神弓，于是他携弓领军到达柬埔寨。柳叶率领众人抵御，然而她所在的大船被混填一箭射中，女王十分害怕便投降了，还嫁给了入侵者。混填占据了柬埔寨这片肥沃的土地，也带来了先进的生产技术和文化。随后他自立为王，这对夫妻便成了柬埔寨的王室祖先。目前在柬埔寨出土的数块7—10世纪的石碑，也记载了类似的内容。史前的柬埔寨处于母系氏族社会，混填的到来改变了社会基础，建立了父系社会和国家制度，帮助古高棉部落脱离了原始阶段。这次联姻不是简单的混填族吞并了柳叶族，而是外来文化、血统同本土势力的成功融合。最重要的一点，混填是婆罗门，说明他有着深厚的印度背景，这也表明了柬埔寨文化的重要来源是印度文化。

印度文化深刻影响了柬埔寨的宗教体系、等级制度、政治法律等社会生活的各个方面，也带来了梵文、史诗、天文、绘画、雕塑、建筑、音乐等具体的文化形式，甚至连养牛技术也是从印度传入东南亚的。

到了隋代，扶南改称"真腊"，后来又分裂为水真腊和陆真腊。两国对峙了约1个世纪，直到802年出现了一个伟大的君主——阇耶跋摩二世（Jayavarman II），他建立了一个强大的统一王朝，吴哥。史书上关于阇耶跋摩二世的记载很少，考古学家只能从后世碑文的只言片语中大致了解其生平。

他曾被海盗俘虏，送到爪哇的夏连特拉王朝做人质。8世纪末，阇耶跋摩二世逃回真腊自立为王，开始了统一真腊的历程。统一全国后，阇耶跋摩二世在选择王朝都城时颇为踌躇，最终选定诃里诃罗洛耶（Hariharalaya），也就是现在离吴哥古迹不远的罗洛斯（Roluos）遗址。这个王朝的都城后来多次变迁，但基本上都在大吴哥地区内徘徊，因此历史学家将其称为吴哥王朝。

阇耶跋摩二世除了开创帝业，更重要的是提出了一整套"提婆罗阇"（Devarāja）理论，即"神王"崇拜——"提婆"是神明，"罗阇"是国王。他宣称自己是天神下凡，去世后会回到天国中的须弥山，恢复天神真身。为了让百姓记住他的伟大，阇耶跋摩二世下令修建像须弥山一样高大的神庙，在正中央的塔殿内供奉他的象征物，供后人永世崇拜。同时，他创造性地将"君权神授"思想转变为"神王一体"，巩固了统治的合法性，并通过这套思想和神权仪式来维持国家统一。他的后代也依此效仿，国王们大部分自封为"湿婆"（Shiva），少部分以"毗湿奴"（Vishnu）自居，每一个帝王都要修一座大型寺庙来供奉自己的象征物。

如前所述，没有"印度化"，就没有真腊，更没有吴哥文明。这个印度化过程是纯粹的文化输入，柬埔寨国土并没有被印度征服，也不是印度的殖民地。

柬埔寨印度化的结果，最直接的表现是信仰印度教[2]。印度教在很长时期内都是古代柬埔寨的国教，国王们崇拜湿婆、毗湿奴，并自居为他们的化身，这才有了后来气势恢宏的吴哥建筑群。在印度教蔚然成风的同时，发源于印度的大乘佛教也在柬埔寨传播开来，曾一度成为国教，并创造出建筑风格独树一帜的巴戎寺。

印度化的第二个表现是柬埔寨全盘接纳了印度的政治体制和法律。婆罗门大量拥入柬埔寨成为上层阶级，经济上得到优待，政治上分享特权，国王们还遵守印度的《摩奴法典》和其他婆罗门法规。婆罗门一直对王室保持影响，直至今日，宫廷大典还采

---

2 关于印度教，其实涉及4个名词：印度教、婆罗门教、湿婆教、毗湿奴教。在本书中一般统称"印度教"。

用印度教仪式，并由婆罗门高僧主持庆典。

第三，印度化直接导致梵文成为柬埔寨的官方语言。对印度教的虔诚信仰者而言，梵文是神灵使用的语言，是具备神性的咒语，有着至高无上的地位。梵文也成为文学记录的工具，颂扬国王们文治武功的碑刻都依赖这种文字，现在发掘出的许多吴哥时期的碑刻印证了这一点。至于古高棉文，虽然偶有使用，但不受重视，被认为是下等人的语言。

印度化还有一个重要结果是对知识的垄断。真腊绝大部分国民是目不识丁的平民或奴婢，一批精英知识分子阶层控制着帝国的命脉，掌握着王朝思想领域的领导权。在古代社会，由特权阶级垄断知识是常态，毕竟他们不从事直接生产，而去学习文化亦是一项奢侈的活动。从总体上看，吴哥王朝对宗教相对宽容，因此不同教派的知识分子也能和谐相处。

吴哥文明源于印度，但经过了大量改造和创新，印度教中森严的等级制度在柬埔寨被弱化。而且印度教也不是一家独大，佛教一直与之分庭抗礼。另外，吴哥文明中随处可见柬埔寨本土的文化传统，比如自然崇拜和祖先崇拜，以及带有原始宗教性质的泛灵神祇；同时也保留了一些母系社会的观念，揉入了龙王"那伽"崇拜，等等。柬埔寨的历史深受印度教和大乘佛教的影响，最后扎下根的却是上座部佛教，它既是吴哥文明的掘墓人，也是高棉人民迈向新生活的精神支柱。

吴哥在哪里

暹粒（Siem Reap）是进入吴哥遗址的门户，离保护区仅6千米，这里也是柬埔寨暹粒省的首府，距离首都金边约311千米。在发现吴哥遗迹之前，暹粒只是一个无人问津的小村庄，如今已发展为游人如织的国际化城市了。

"Siem"在高棉语中是"暹罗"的意思，"Reap"表示"收获、获得"，可引申为"平定、击败"，因此"暹粒"即"打败暹罗人"。历史上，高棉和北方强国暹罗（现在的泰国）曾多次发生战争，互有胜负。吴哥王朝覆灭后，高棉人放弃故都，向南撤退，王国的政治经济中心再也没有重返这片在历史上熠熠生辉的土地。后来一位高棉国王率军北上，在吴哥地区击败了暹罗军队，于是将战场附近的一个村镇名改为"暹粒"这样霸气的名字，而这段历史其实跟吴哥王朝已经没关系了。

泰国人当然对"暹粒"的这种解读存有异议，认为应该用被动语气理解为"被暹罗击败"。如果从最终结局分析，倒也不无道理——1794年暹罗王国彻底占领了整个暹粒地区，直到1907年才在法国的威迫下将此处割让给法属印度支那。殖民者离开后，暹粒又回到柬埔寨管辖范围。

从中国各大城市往来暹粒十分方便。我们一下飞机就直奔酒店，让服务生安排一辆tuktuk送我们出发。tuktuk是极具本地特色的交通工具，遍布大街小巷，其实就是两轮摩托后面拖着一个车厢，顶上有棚，四面透风，在炎热的柬埔寨，坐在里面相当惬意。它的得名大概来自摩托车引擎的"突突"声。

遗址官方售票处就在去吴哥寺的路上。远远就能看见停车场里停满了密密麻麻的车，售票亭前排起了长长的队伍。我询问一个工作人员在哪里能买7日票，她热情地将我带到售票亭的背后，那里还有一个不太显眼的小窗口，无人排队。我们对着摄像头照了张快照，稍等片刻，印有头像的压膜门票就做好了，前后不到5分钟。虽然我的照片在门票上看起来非常呆板，但还是让人兴奋，我已经急不可耐地想要见见吴哥古迹了。

在吴哥遗迹游览的这些天来，我听到最多的一句评价是"审美疲劳"。确实，粗略看去，吴哥寺庙雄伟壮观、风格奇异，但大体就两种形制——金字塔形和平地式，似乎没什么变化。其实吴哥所有的庙宇都各有其独特之处，雷同只是表象。如果只计算吴哥王朝的建筑高峰期，从879年建造神牛寺（Preah Ko）开始，到1295年吴哥最后一座重要寺庙摩迦拉陀寺（Mangalartha）封顶，长达416年，历经21任帝王（因陀罗跋摩一世至阇耶跋摩八世）[3]，无数工匠设计建造，每座寺庙必然有所不同，如果都一样才真是

3　由于史料模糊及划分标准不一，吴哥王朝的世系划分尚有争议。本书选用学界主流划分法，详见"附录二"。

咄咄怪事呢。读者游览时若能手捧本书就能发现其中的差异，获得最大的游览乐趣。

　　游客在抵达吴哥之前，首先需要了解小圈（little circle）、大圈（grand circle）和外圈（out circle）这三个概念。其实所谓"圈"，就是一条经过无数前人检验过的游览路线。这三条线路涵盖了所有重要景点，并综合考虑了普通游客的时间、体力、兴趣等因素。因此对于只有3天时间的游客，跟着经典线路走不失为多快好省的方式。吴哥寺作为最重要的景点，是大小圈的共同起点。大圈包括圣剑寺、龙蟠水池、塔逊寺、东湄本寺、比粒寺、斑黛喀蒂寺、皇家浴池等；小圈有通王城、周萨神庙、托玛侬神庙、茶胶寺、塔普伦寺、豆蔻寺等。大、小圈景点在吴哥遗址核心区内，离暹粒很近，租一辆tuktuk即可；外圈景点相隔甚远，需要包汽车前往。

　　此外，我们也要对"吴哥"这个名词从旅游的角度加以界定。我们平时说"吴哥窟"其实不甚准确，应该是"吴哥遗址"。这是一个分布在400多平方千米内的古代文明遗址，包括寺庙、宫殿、浮屠等各类建筑600余座。在遗址中，最著名的寺庙是吴哥寺，也被称为"小吴哥"。吴哥寺的正式名称是Angkor Wat，Angkor来自梵文Nagara，意思是"城市"，Wat是"寺庙"，合起来就是"寺庙之城"，直接点明吴哥寺的特征——当今世界上现存最大的宗教建筑群。在吴哥寺附近，有一座当年吴哥王朝的都城——通王城，这就是"大吴哥"。除此之外，还有很多精美的寺庙散布在大小吴哥周边，它们都在吴哥遗址范围内。

如今吴哥王朝早已灰飞烟灭，现代人只能从建筑废墟中窥见其昔日的强盛。如果我们按照时间顺序观罗洛斯遗址群、巴肯寺、茶胶寺、巴方寺、吴哥寺、巴戎寺等，就能看到这些宗教建筑的发展脉络，感受这个文明的诞生、成长、繁荣、衰落，直至毁灭。可惜，绝大部分游客行色匆匆，只能跟着最节省时间的路线来参观，所以本书将遵循大家惯常的浏览顺序，不过会在章节中注明建造时间，以免读者有时空错乱之感。

我们的第一站是早期建筑罗洛斯遗址群，它位于暹粒东南，沿着6号公路行驶10多千米就能抵达。现在罗洛斯遗址群仅存有3座主要寺庙（神牛寺、巴空寺、罗莱寺），加之彼此距离不远，因此半天时间绰绰有余。

湿婆座驾神牛寺

神牛寺始建于879年，建造者是因陀罗跋摩一世（Indravarman I）。他的任上有两件大事值得我们关注：第一，他修建了极为庞大的水利灌溉系统，使真腊王国的稻谷实现一季三熟乃至四熟，为王朝发展打下了物质基础；第二，以砖石为主体的高棉古典建筑开

△ 3头神牛等待了千年之久，随时准备腾空而起

始成形，宏伟的吴哥寺、精致的圣剑寺都发端于此。

　　神牛寺是国王纪念祖先的家庙。6座砖造塔殿排成两行，分别献给舅父（也就是阇耶跋摩二世，享用前排中间最大的一座）、祖父和父亲，以及他们的妻子。

　　神牛寺得名于塔殿前屈膝跪着的3尊瘤牛雕塑。这是印度教主神之一湿婆的坐骑，名曰"南迪"（Nandi）。瘤牛原产于印度，鬐甲部长有肉瘤，如今在柬埔寨仍随处可见。在印度教文化里，瘤牛相当神圣，显然也是沾了湿婆的光。元代使者周达观曾记载高棉人对牛"生敢骑，死不敢食"，尊重程度由此可见一斑。

△ 神牛寺前的石牛南迪（上）和水池边的瘤牛（下），鬐甲部的瘤峰十分明显

在吴哥遗迹中，很多动物作为守护者，都是头朝外，只有此处的南迪面朝内静待，这是因为它需要时刻听从召唤。这3头南迪已经磨损不堪了，如果想仔细观察这种天神坐骑的英姿，可以前往巴肯山，那里有一尊较为完好的南迪雕塑。

神牛寺规模较小，形制简单，建筑也比较粗糙，砖与砖之间的黏合剂是用石灰、棕榈糖、植物汁液调配而成的。吴哥工匠们在砖墙表面敷设了一层用贝灰加树汁制作的灰浆。灰浆黏合度高，也容易雕琢，但致命的缺点是上面的浮雕难以保存。天长日久，白色灰浆大面积剥落，砖块裸露在外。如果那些浮雕能够保存至今，想必对研究吴哥文明的早期历史大有裨益。

王朝正统巴空寺

巴空寺（Prasat Bakong）离神牛寺很近，坐tuktuk不到5分钟

△ 巴空寺开创了吴哥遗迹中的庙山形制先河，不过显然借鉴了爪哇寺庙风格

车程。巴空寺在建造年代上仅比神牛寺晚2年，不过相比于小巧玲珑的神牛寺，巴空寺却是个庞然大物。它代表着国家意志，宣告了吴哥王朝的正统地位。

　　考古学家推测，巴空寺位于当年吴哥王朝首都的正中心，周围应该遍布民居，不过现今已无迹可循。但巴空寺并非死气沉沉，从东门进入后，游客可以发现左边有一所小学，右边是一座现代佛教寺庙。看着小朋友们在吴哥遗迹中玩乐是特别美好的体验——遗迹是死去的骸骨、孩子是新生的希望，最美丽的景色其实是人的精神。

　　要进入巴空寺主殿，得先跨过一段护城河，游客可以在横跨水面的参道上见到多头蛇那伽。吴哥遗址内随处可见这种略显恐怖的神兽，它可能有5个、7个或9个脑袋，主管降雨，因此能决定农作物收成，解决人民最关心的口粮问题。那伽有点像中国的龙王，这不是偶然。在佛教经典中，梵文的"naga"（那伽）翻译成汉语就是"龙"。

巴空寺是吴哥王朝第一座金字塔形寺庙，也可称为"庙山"（temple mountain），形制与印度尼西亚的婆罗浮屠十分类似，大致呈棱锥体，下大上小，或者称为"梯台形寺庙"更为确切。古代没有钢筋混凝土，为了把建筑垒高，需要依靠人力夯筑一个大大的地基，然后层层叠高。玛雅遗迹中也有类似的建筑。

巴空寺的庙山由重达数吨的砂岩石块构成，底层基座宽65米、长67米，一共5层，高14米。每一层都有特别的含义：

可见，古高棉人已经将印度教的世界观体现在建筑中了。他们用建筑来模拟人和神的世界，并利用这个模型直接同神界沟通。

凯拉萨顶

阿摩洛迦顶

四层平台

三层平台

二层平台

一层平台

山墙

门楣

门簪
壁柱
门柱

殿顶

殿身

台基

△ 典型的金字塔形寺庙中央塔殿示意图（以巴空寺为例）

在最高一层，一座塔殿好像含苞欲放的莲花，这里就是神的居所。为了达到协调的视觉效果，每一层台阶的高度和宽度有不易察觉的缩减；顶层中心殿塔还采用了现代称之为"比例缩减法"的透视原理来建造。

虽然向上的阶梯极陡，但我还是直冲到神的家门口。我绕着中心殿塔转了几圈，却发现真正给神居住的内部空间小得可怜，其他部分都是实心的。在印度教中，这间黑暗局促的内殿的真实寓意是"子宫"，代表整个世界和宇宙都在此孕育、成长。

中心殿塔四面都有门，东面为真门（如上图）；其余三面为假门，都是装饰，一般用一整块砂岩雕刻浮雕。假门正中间刻有一道石柱，称为"门簪"（上图未展现），门楣上雕刻有史诗故事。

如今殿塔里面供奉着一尊佛像，原本应该是一座林迦（Lingam，代表男性生殖器，象征着湿婆）。游客在吴哥遗址游览时，会经常发现佛像出现在印度教寺庙中，而又有很多佛像缺头断臂，这其实都是宗教斗争的结果。因为在吴哥王朝后期，国民信仰多次在印度教和佛教之间来回转变。

小巧岛庙罗莱寺

罗洛斯遗址中最后一座寺庙是罗莱寺（Lolei），它跟神牛寺一样，是为了纪念先辈的平地式庙宇。罗莱寺完工于893年，由因陀罗跋摩一世的儿子、吴哥王朝第4任君王耶输跋摩一世（Yasovarman I）建造。罗莱寺前后有4座塔殿，呈"田"字形分布。在塔殿围成的中央空地上，有一座大型林迦，东南西北四面均修建了排水槽。

罗莱寺最初处于水泊之中。因陀罗跋摩一世统治期间，高棉人开始大规模兴建水利工程，最重要的一项就是近4000米长的人工水库——因陀罗水池（南池）。在水库中心有一座小岛，罗莱寺

△ 沐浴在暖阳中的罗莱寺

▷ 塔殿破败不堪，砖墙上的灰浆浮雕已损坏，但壁龛里的浮雕保存尚好

正是建在此岛之上，因此该寺的林迦及排水槽还有一个更重要的作用：举行祭祀仪式时，国王或僧侣将圣水（水或奶）淋到林迦上，通过水槽流入水库，继而将整个水库圣化，保佑水患不再、稻谷丰收，还可供官员百姓自行取用。

　　罗莱寺与因陀罗水库同时规划施工，可惜因陀罗跋摩一世没来得及见到竣工就驾崩了，最终由其子完成。罗莱寺也是后来建造的东、西湄本寺和龙蟠水池的雏形，确立了要在水库中央修建寺庙的传统。现在这座人工水库早已干涸，游客实际上是从当年的湖底爬上寺庙。由于是建在岛上，罗莱寺没有长参道，其东面大门入口为一段台阶，其实就是当年码头的遗迹。

我们到达这里时，时间已经不早了。寺庙里静悄悄的，我和小喵说话都不自觉地降低了声音。夕阳正好照射到塔殿上，光线十分柔和。同中国建筑喜欢坐北朝南，享受宜居环境不同，吴哥建筑都是东西朝向，这样不论是朝晖还是夕阳，在光线最美好的时刻往往能拍摄出相当精彩的照片。

第一部分
Part one

大圈探奇

世界上最大的宗教建筑群，
散落在丛林中风格各异的古老遗迹

失落的瑰宝
——吴哥寺

日出吴哥

作为摄影爱好者，我们早上5点起床，打算赶早进入吴哥寺，抢个风水宝地拍摄日出。不料来到参道口，虽然天色还黑漆漆，却见人头攒动，赶庙会似的往里拥。

看日出的最佳地段是西北侧的莲花池，正好可以完美地显现吴哥寺的倒影。抵达莲花池后，我火热的心就凉了半截。第一排最佳观景点就不必说了，第二排"雅座"也没有，只有第三排"站票"还有几个空位可以勉强挤一挤。我默默地支起三脚架，拿出相机和其他装备，准备开工。

吴哥寺与吴哥遗迹的其他寺庙不同，它正门向西，因此朝阳从吴哥寺的背后升起。地平线下的太阳早早就将天空染成绚烂的玫瑰红，吴哥寺的剪影映照在华丽的背景上，说不尽的神圣雍容。

△ 霞光渐渐染红了天空，衬托出吴哥寺的雄伟剪影

　　可惜这一天的日出并不令人满意。虽然天空的色彩非常美丽，但东边的云层太厚，没有出现光芒四射的场景。太阳看起来像一个摊开的荷包蛋，有几分莫奈名画《日出·印象》的味道。时间到了7点30分，太阳已经升到了吴哥寺塔尖上，光线也比较强了。日出拍摄活动结束，我们收拾好装备，准备开始游览。

宇宙的中心，心中的宇宙

多样性是人类文明的特征之一。不同地域的建筑千姿百态，各领风骚。为什么建筑风格如此不同？除了古代文明间信息交流不畅和技术、材料限制，更重要的是各文明的思想体系大相径庭。所以在开始游览吴哥遗迹核心区之前，我想先说说吴哥建筑的哲学基础，正因为有这样独特的思想，才会产生如此辉煌的寺庙。

古高棉人不计成本地建造吴哥寺，是为了在人间复制一个天堂，拉近人与神的距离，它的设计理念来自曼荼罗（Mandala）。唐卡中常见的方圆结合、中心对称的复杂图案，就是曼荼罗在藏传佛教中的体现，中国人称之为"坛城"。曼荼罗是源于古印度的文化符号，体现了古印度人对宇宙的抽象认识，大概是人类最早成体系的宇宙模型之一。二维平面的曼荼罗尚有如此魔力，若变成三维立体后会是怎样的感觉呢？

曼荼罗式建筑的代表有我国西藏的白居寺、印度尼西亚的婆罗浮屠等，不过论规模，还是属吴哥寺最大。

现在让我们来看看这个宇宙模型的概况。

最外围是一圈宽阔的水面，代表了浩瀚的海洋。水面包围着一块矩形陆地，代表人类居住的土地。陆地中央有3层逐渐升高的梯台，这是天界内的须弥山。越往上走，就越接近神山顶峰。在梯台最上面一层有5座耸立的塔殿，代表着须弥山的5座高峰，正

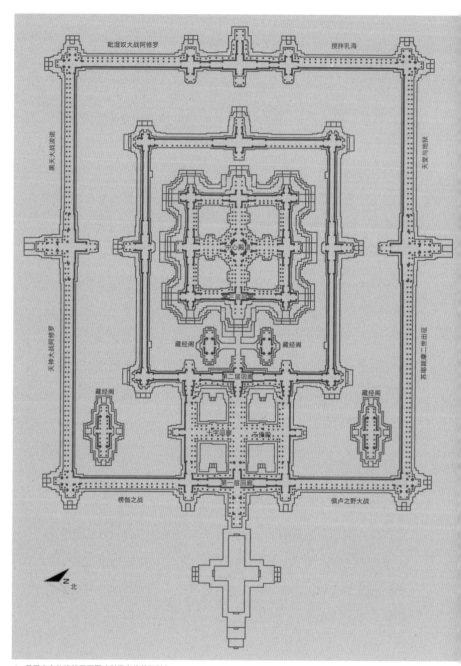

毗湿奴大战阿修罗　　　　搅拌乳海

黑天大战波诺

天堂与地狱

天神大战阿修罗

苏耶跋摩二世出征

心殿塔

第三层回廊

藏经阁　　藏经阁

第二层回廊

藏经阁　　　　　　　　　　　藏经阁

天井回廊　示佛殿

第一层回廊

楞伽之战　　　　俱卢之野大战

北

△ 吴哥寺主体建筑平面图（引用自维基百科）

中间的塔殿是主峰，亦是诸神之居。这种结构有时也称为"金刚宝座塔"，每一层梯台都有回廊，象征着围绕须弥山的山脉。从外围水面到须弥山仙境，有长长的参道引导，两侧以七头那伽蛇神装饰，这是人类通往天庭的彩虹桥。

人们总是说宇宙浩瀚无边，其巨大超出了人类感官的极限，反而使普通人难以理解，因此宇宙在大部分人眼里变得无关紧要。但是当宇宙缩小到人可以理解的范围后，民众就会有切实的体验，就能够通过简单的比例换算和具有象征性的模型建筑来理解宇宙的结构，从而发自内心地臣服于造物主的伟大。而那些建造模型的人——吴哥的君主们——就是神祇在人间的化身。他们不仅是管理凡人的"君王"，更是代表神灵的"神君"，控制着世俗政权和神权，以此统治整个帝国。这就是帝王热衷于修建曼荼罗的现实原因。

吴哥寺设计灵感来自曼荼罗，但不是简单复制，曼荼罗提供的是哲学理念和设计方向，具体到建筑如何规划布局、各个单元如何组合排列、装饰装潢如何统一协调等问题，都要依赖古代工匠的聪明才智。很可惜，吴哥建筑的碑文中有国王的荣耀、祭司的威严、虔诚的祈祷、对胜利的期盼、对敌人的诅咒和对丰收的祈福，偏偏没有关于这些创造者的只言片语。我们并不知道他们的名字和生平，只能感谢这些无名天才们给人类留下了如此宝贵的财富。

"鲁班墓"

如今有且只有一本史书略有提及吴哥寺，这便是元人周达观所著《真腊风土记》，他写道："鲁般（班）墓在南门外一里许，周围可十里，石屋数百间。"不可思议！整个吴哥王朝最重要、最精美的寺庙，竟然只记录了20个字。

尽管周达观对别的寺庙介绍也很简略，但还有些细节描述。相比之下，吴哥寺无论是规模还是政治、宗教地位，都远在其他寺庙之上，周达观不可能忽略。我之前在尼泊尔旅行时，那里的印度教寺庙就不对非教徒开放。由此猜测，周达观可能未被允许进入吴哥寺，只是在城壕外远远眺望，从当地人口中打探些消息。就这点看来，现代人要幸运多了。

这里还有一个令人费解的地方。周达观没有记录吴哥寺的正式名称"毗湿奴的神殿"，反而用"鲁班墓"来指代，为什么呢？周达观用中国人了解的事物来替代大家不熟悉的印度教名词，而中国古人习惯将精美建筑的创造者统统冠名为"鲁班"。因而，这里的"鲁班"指代的人物可能是印度教传说中的建筑之神"毗首羯摩"（Visvakarman）。

毗首羯摩是人仙结合的后代，后来仙女母亲回到天庭，留下凡人父亲独自抚育小儿。毗首羯摩长大后寻找母亲，来到天宫习得各种艺术和工程技能。花开两朵，各表一枝。话说因陀罗神抛下一个花环，让人间的王后受孕，王子长大后也来到天宫观摩，并与毗首羯摩相识。在因陀罗的首肯下，两个"半血王子"默契配合，毗首羯摩技术入股，王子出钱出人，共同打造出吴哥寺这座人间天堂。

周达观对吴哥寺的描述还有一个奇怪的地方，他竟然用了"墓"这个字。所谓"鲁班墓"大概是"毗首羯摩修建的坟墓"，这就引出另一个关键问题：吴哥寺到底是什么建筑，仅仅是寺庙吗？

吴哥寺向西之谜

要回答吴哥寺是什么，必须先破解它的朝向之谜。很多古代民族崇拜太阳，以太阳升起的方向为尊，古高棉人也不例外。吴哥地区所有大型建筑的正门都面向正东，但吴哥寺却面向正西，这是为什么呢？

因为吴哥寺是苏耶跋摩二世（Suryavarman II）的陵墓。在印度教文化中，西方代表死亡，墓地正是朝向西面。吴哥寺回廊浮雕的游览顺序不是常规的顺时针方向，而是逆时针，这种反方向通常也同死亡相关。还有一个更直接的证据，周达观将吴哥寺称为"鲁班墓"，可见他当时知道这里是陵墓。

这是现在学术界比较认可的解释，不仅合理，还有文献佐证，

△ 如此宏伟的建筑，既是供奉天神的圣殿，也是安葬国王的处所

论据也更直接简洁。但这并非定论，说不定未来哪天发现的考古证据就会推翻这个结论。我很期待这戏剧性的一天。

太阳王

毗首羯摩只是神话传说，苏耶跋摩二世才是吴哥寺的真正缔造者。他是吴哥王朝很有作为的君主之一，被称为"太阳王"。

吴哥王朝的帝王称谓基本都是以"跋摩"（varman）为结尾。

varman是梵文后缀词，意为"盾牌"或"保护者"，是古印度刹帝利阶层的常用名。在古高棉，varman则变成了专供王室使用的帝号。surya也是梵文词根，意为太阳，所以苏耶跋摩二世即"护日王二世"。

据《宋史》记载，真腊版图北与占城（占城即占婆国，今越南中南部）接壤，南面深入马来半岛，东起南海，西达缅甸的蒲甘王国。能征服如此空前广阔的地域，都有赖于苏耶跋摩二世的强大军队，拥有数量众多的战象。

苏耶跋摩二世是天生的战士，他亲自率领军队南征北战，在象背上的时间比坐在地上的时间还多。他结束了长期内战，使国家恢复安定，国力迅速提升，这也为其军事征服和兴建大型建筑打下了坚实的物质基础。

在修建吴哥寺的12世纪，毗湿奴教在印度次大陆和中南半岛强劲复兴，真腊王国也深受影响。苏耶跋摩二世颇有个性，在宗教方面刻意与前任有所不同。一般吴哥国王都以湿婆为保护神，但他借此机会推崇毗湿奴，于是便有了世界上最大的宗教建筑群——吴哥寺。这里不仅是供奉毗湿奴的神庙，同时也是苏耶跋摩二世的陵寝。

吴哥寺在苏耶跋摩二世登基之初（1113年）就开始建设，耗时37年，直到他去世时（约1150年）也不能说完工。此后的历任君主继续对吴哥寺修修补补，直到如今，吴哥寺也没有真正竣工，在很多不显眼的地方，浮雕都只有大致轮廓。

天国里的大海

站在吴哥寺外围，最先看到的是环绕一圈的宽广水面。城壕全长5700米，其中东西向长度为1500米，南北为1350米，宽190米，深4米。相较于中国古城或者欧洲古堡具有防御功能的护城河，此河的规模实在夸张，因此它的真正功能不在于"护"，而是体现宗教层面的象征意义。

在前述设计构想中，想要达到神圣的寺庙中心，首先必须穿越一片包围陆地的海洋。这道护城河就是为了模拟海洋，那么在体量上就必须有大海的气势，比例上要同吴哥寺主体建筑相协调。吴

▽ "山脉"在"大海"中呈现完美的倒影；远方的"须弥山"遥遥在望，宛若仙境

哥寺的主人苏耶跋摩二世需要这座神庙来控制人心，展现自身的伟大。

如果说建筑设计师只关注吴哥寺的呈现效果，那么土建工程师们要考虑的问题就复杂多了——他们需要实现这一设计，将石头建筑造在一汪碧水之中。

此刻正是柬埔寨旱季，我站立在护城河岸边，脚下是坚实的土地。在雨季，整个吴哥地区的地下水位会大幅上升，有时甚至高于地面；反之，当旱季来临时，水位又将急剧下降，原本充满水分的土地变得疏松干裂。在大量石材的重压之下，建筑地基逐渐下沉。如此反复，即便是最坚固的建筑也必然坍塌。

在没有现代打桩机和钢筋混凝土的情况下，古代吴哥工程师采用逆向思维，放弃常规夯实地基的做法，而是将护城河作为吴哥寺所处地域调节水量的水库，使其地下水位不论旱季、雨季，大体保持稳定。吴哥寺像一艘水面上的石头船，工程师不是把石船的地基打到湖底，而是为石船构造了一个风平浪静、水位稳定的池塘，以确保建筑结构坚固。这条水壕不仅具备宗教意义，还有工程上的作用。能够将设计与土建结合得如此完美，确实是非常了不起的成就。

要挖开这样一道宽阔的护城河，需要耗费大量的工程时间和人力、物力，不过吴哥工程师很机智地"废物利用"。须弥山的梯台看上去是砂岩，其实这只是外表，其内部是用护城河里挖出的泥土堆积起来的，然后用红土岩固定，最后用雕刻有图案、花纹的砂岩

△ 吴哥远眺

装饰。如果整个梯台都用珍贵的砂岩构筑，吴哥王朝大概很快会耗尽这种资源。据统计，古代工人一共挖出150万立方米土石，正好用于台基建设。这在工程管理上有一个专门术语，叫"土方平衡"。土本身不值钱，但运输土的费用可是天文数字，在原地施工既不需要外运倾倒，也不必输入土石，就大幅节省了工程量。

要正式开始吴哥寺之旅了。首先我们要登上一座装饰有蛇形栏杆的平台。遥望宽阔的护城河和吴哥寺主殿后，便通过平台踏上横穿护城河的参道。如果说护城河代表海洋，这个出发的平台就宛如离开尘世的渡口。在那伽神的护卫下，我们将开启一段奇妙的朝圣之旅。

天堂的入口

离开护城河上岸后，一道高达4.5米的回廊挡住了去路，中间

一座精美的门楼为访客打开了前往吴哥寺的通衢之门。

以对称布局著称的吴哥寺，设计平面呈矩形，其南北和东西两条轴线同四面围墙和回廊有多个交点，每个交点上均立有一座装潢精美的门楼，Gopura。这个词源于梵文，意思是塔形入口，最早出现在7世纪印度南部的帕拉瓦建筑中。

门楼是吴哥建筑中极富变化的构件，丰富了正立面景观。根据寺庙规模和重要程度，其尺寸大小也相应变化。一般而言，中轴线上的主入口最高大，如果寺庙有多层围墙，则最外层门楼最大。因为西面是吴哥寺的正朝向，眼前的西门楼又是第一道大门，所以在我面前的是所有门楼中最高大的一座。

如果仔细观察，会发现吴哥的门楼式建筑同回廊一样，也有一个渐进发展的过程。一开始仅仅是门洞式的独立矩形小建筑；后来变成了平面呈十字形的复合体，顶上还增加了莲花苞状的塔冠（至阇耶跋摩七世时代，这种塔冠变成了四面佛的形象）；到了

△ 部分坍塌的门楼，莲花苞状的楼顶已经消失

吴哥寺年代，门楼形制发展到了顶峰，其两翼延伸至同回廊衔接。门楼的门楣或山墙上装饰有各种精美的雕刻，两侧刻有守护神。

这组门楼实际上是由1条回廊将5座独立门楼连接起来的大型建筑。立于中轴线上的门楼最高大，是国王及王室成员的专用通道；两边是2座稍小的门楼，供官员行走。这几座门楼的塔冠呈中间高两边低的"山"形，正好同主寺庙山上的塔殿高低布局相呼应，颇具匠心。这道回廊沿着护城河南北向延伸，稍远处还有2座对称的门楼。

除了正式门楼，回廊上还开着2座没有台阶的大门。古时候有大象守候在门外，人们可以直接骑着大象离开，不必再借助梯子上下。从象门到主体寺庙山，尚有一段不短的路程，但即便是贵为国王，也必须徒步进入。

穿过昏暗的门楼，我第一次看清吴哥寺的全貌。吴哥寺西立面约200米宽，从门楼到建筑主体约400米。一般来说，若要一眼将建筑全貌尽收，又不丢失主体细节，则人到该建筑的距离需为建筑最大宽度的1至2倍。吴哥寺设计比例如此协调，可见建筑师深谙建筑美学的精妙。

参道、藏经阁和水池

从西门楼到主体建筑，有一条长达350米、宽9.5米、高1.5米的参道。这条参道不是简单的石板路，根据曼荼罗的含义，它代表着连接世俗世界与神话天堂的纽带。

古人设计的350米距离很有讲究。这条参道不能太短，否则朝拜的信徒来不及酝酿情绪、转换角色，便直抵天堂，这太破坏神圣的气氛了；同时，参道也不宜过长，因为柬埔寨的骄阳实在过于毒辣。每隔一段距离，参道上就设有一个平台，共有7处。从这些平台步下参道，即可参观两边的藏经阁和莲花池。

沿着参道通过第一道城门后，可以发现左右侧对称排列着两幢长条状独立建筑。这是除了城墙，唯一独立于主体建筑群的石屋，也是其他吴哥寺庙常见的构成单元，名曰"藏经阁"。

根据寺庙规模，藏经阁一般有3种形式：小型神庙在西面开一扇单门；中型寺庙在东西两面开门；吴哥寺这样的大型寺庙则平面呈十字，四个方向均开门。

关于这个石屋的功能，目前吴哥学者们并没有定论，比较一致的看法是，此石屋是存放贝叶经的场所，这也是大家习惯称之为"藏经阁"的原因。按标准工艺，贝叶经写在多罗树叶上，柬埔寨地区则用棕榈叶替代。经书被切成长条形状，装订成活页。现在我们所见最古老的柬埔寨贝叶经都是20世纪初的"新"古董，吴哥王朝时期的经文在热带高温潮湿的气候条件下早就变成了昆虫的食物，所以号称"藏经阁"的建筑里其实空空如也。

从藏经阁出来，能看见以参道为轴，南北对称排列的两个水池，掩映着吴哥寺主体美丽的倒影。其中北池是游客较为集中的区域之一，亦是必到打卡点，尤其是在清晨，大家都聚集在这里看日出。

据考证，这两座水池可能并非原样，而是16世纪时新建的。客观地讲，水池很好地充实了藏经阁与庙山之间过于空旷的空间，也使寺庙即便在旱季也有一池清水点缀，算得上是锦上添花的设计。

△ 藏经阁

△ 吴哥寺主体正门

第二章 失落的瑰宝——吴哥寺

叠涩拱券

　　吴哥寺庙看上去很高大，但内部空间基本是局促的房间和狭窄的廊道，其巨大的体量是由较小的单体建筑堆叠而成的。

　　之所以出现这样外大内小的建筑形式，究其原因还是吴哥工匠并未掌握穹顶技术。吴哥寺的建造是为了让神祇满意，因此工匠没有考虑建造能容纳大量人群的室内空间，自然缺乏探究穹顶技术的动机。

▷　一座典型的叠涩结构门楼
（摄于圣剑寺）

在湮没的历史中微笑

从宗教意义分析，吴哥寺庙山有生殖崇拜的含义。中心塔殿内部隐喻"胎室""子宫"，仅供奉象征生育能力的林迦，所以内部空间也无须做大。

　　在这样的技术和设计理念下，利用叠涩技术搭建神庙就是自然的选择。叠涩工艺有点像搭积木，先在墙壁上放置一块石头，其上的第二块石头稍微向内偏移，第三块石头再偏移一点，随着石头逐层垒高，渐渐就形成了跨度，当四周跨度在最高点汇合后，屋顶就合拢了。因此吴哥建筑的屋顶特别费石料，重量激增，又进一步要求增加墙壁和柱子的承重力，所以吴哥建筑显得尤其敦

△ 廊道内视角，可以看见一个完整的叠涩拱。建筑师把大部分石料都用于建造屋顶（摄于巴方寺）

△ 在建筑物内部，从下往上看屋顶（摄于斑黛喀蒂寺）

△ 由于叠涩结构不稳定，吴哥建筑大多从屋顶开始坍塌（摄于崩密列）

实厚重，形成了独特的视觉效果。

　　叠涩技术除了不能构造大空间，结构上也不太稳定。石块之间全凭摩擦力约束，并无黏合剂，加之较少榫卯结构，个别构件或局部的损坏便可能导致整个建筑变形，长久不维护就容易坍塌。这就是很多吴哥建筑首先从屋顶倒塌的原因。

　　由于叠涩技术只能造出有限的跨度，吴哥寺回廊在内廊外又增加了半幅较低矮的偏廊道以增加宽度。内廊空间更高，比较阴暗，能够近距离观赏浮雕，同时也增添了肃穆的氛围。偏廊朝向外部开放空间，氛围明快，也保护了浮雕不受日晒雨淋。然而归

△ 这条回廊有一大一小两个半叠涩拱，可以清晰看到叠涩拱的截面，受力结构一目了然。由于整体结构已经破坏，回廊内部和外墙均支起钢架，否则很快就会全部损毁（摄于塔普伦寺）

根结底，所谓内外之分也是不得已而为之。

石头上的史诗

　　走完参道，我们便进入了吴哥寺的主体建筑。第一道景观是举世闻名的浮雕回廊。建议首次来此的游客一定要在第一层回廊停留，这里值得花上两三个小时甚至一整天，来细细欣赏代表吴哥文明成就的巅峰之作。

第一层回廊长800米，是世界上最长的浅浮雕回廊。每一幅浮雕对应着一个精彩的故事，记录着古高棉民族的文明史诗，宛若850年前的石头连环画。浮雕内容基本取材于印度史诗《摩诃婆罗多》和《罗摩衍那》，也有描绘吴哥军队征战的场景。建议从西门出发，逆时针观看，保持画面内容一直在左侧，这样可以同浮雕上的人物前进方向和故事发展顺序一致。在印度教和佛教传统中，顺时针才代表圆满，而吴哥寺回廊浮雕顺序显然有悖常理，这也正好呼应了此处的另一大功能——陵寝。

800米长的浮雕讲述了8个主题故事，每幅约2米高，布局大致分为上中下3层，除了表现上下层次，还有远近关系。下层表示近景，中间表示中景，上层表示远景；各层构图饱满，层层叠加不留白，达到繁而不乱的效果。吴哥浮雕采取散点透视和多中心、多情节的表现方式，主角的造型姿态同古埃及艺术的"正面律"有异曲同工之妙。

浮雕的叙事手段采用"异时同图"的方式，也就是把曲折复杂的情节巧妙地糅合在同一画面里，以体现时间流逝和故事发展。敦煌莫高窟中就有大量这样的"异时同图"本生图，还有一个大家熟悉的例子是《韩熙载夜宴图》。

具体到浮雕的内容，有一个欣赏的窍门：略高于视线的中层浮雕是画面中心，其中面积较大的人物是主角，而较小的往往是配角。主角造型经常是三头六臂，骑着各种神奇生物，或端坐在

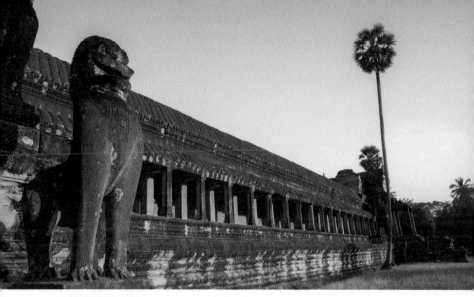

△ 在阳光下散发金色光芒的回廊外景

◁ 山墙上雕刻的是骑着三头巨象的因陀罗。他左手扶腿，右手齐胸举起金刚杵，这是他的标准战斗姿态（摄于女王宫）

顶着华盖的大象背上。吴哥寺的建筑和雕塑宏大又不乏细节，浮雕上的士兵、宫女、小鬼、凡人、动物等配角也各具特色，尤其是遍布整座寺庙的阿普萨拉仙女（Apsara）更是形态各异，值得一再揣摩。

下面让我们一同走进神话世界。

俱卢之野大战

第一个故事从西南侧的回廊开始，描绘的是俱卢之野大战。该浮雕是吴哥寺中最精彩的一幅，无论是体量、造型、构图、雕工，各个方面都算得上古往今来顶级的艺术珍品。

俱卢之野是印度的地名，发生于此的大战记载于《摩诃婆罗多》之中。这部史诗主要讲述婆罗多族的两大王族后裔（俱卢族和般度族）争夺王位的故事。史诗共有180万字，是另一部印度史诗《罗摩衍那》的4倍、荷马史诗的10倍。这幅浮雕反映的是最后决战的情形，战斗持续了18天，除了本部军队及盟友，双方还请来各路大神助战。般度族由于有黑天（Krishna，毗湿奴的化身之一）帮忙，最后惨胜，但幸存者们看到整个家族几乎灭绝，对胜利也心生厌倦，遂放弃了争斗初衷，黯然离开。

从左往右进攻的是俱卢军，从右往左的是般度军。逐渐走向浮雕的中心，我们看到战斗愈发激烈。双方从拉弓对射变成贴身肉搏，画面极为写实。在这幅两军对垒的浮雕中，看不出正方和反方的划分。印度教哲学中没有绝对的善恶，对立的双方只不过是世界的两种力量，如果没有了一方，另一方也就失去了存在的意义。

△ 俱卢军队正整装待发

△ 宫廷婢女的头部以下造型符合"正面律"（最左侧和最右侧除外），但头部角度各异，画面显得更有层次和动感（"苏耶跋摩二世出征"局部）

第二章　失落的瑰宝——吴哥寺

苏耶跋摩二世出征

绕过西南角楼，转到南面回廊，就会看到"苏耶跋摩二世出征"。

苏耶跋摩二世是整个柬埔寨历史上最有作为，也是最穷兵黩武的君王。在他的统治下，真腊王国[4]成为东南亚的第一强国。苏耶跋摩二世觊觎占婆和安南的领土，趁着宋朝正同金国作战，无暇南顾之际，于1145年征服了占婆。

这幅浮雕展现的是军队出征的情形，人物都是从左向右前进。一开始是王室成员、妃嫔们为军队送行，坐在中层的国王正在听取占卜师的汇报，占卜结果刻在占卜师身后的一小块空白上。苏耶跋摩二世微抬左臂，下令出征。

渐渐地，下方的女眷变成了持矛士兵，军官骑着马在部队中压阵。国王则坐在高大的战象上，亲自指挥行军。除了国王，将军们也有骑象的权利，间隔数米就有一个硕大的人物，加上苏耶跋摩二世，共有20个这样的造型。随着游客的脚步缓缓移动，这幅浮雕就像动态的画卷，活灵活现地展现出一场大军出征的全景。

每一段分场景的主角所占的画面面积大约是普通士兵的4倍有

4　9世纪真腊王国灭亡，高棉帝国建立，但中国史籍仍以"真腊"称之。《真腊风土记》中所称"真腊"实际应为高棉帝国。

△ 伟大的君王正在听取汇报，决定出征

▽ 坐在"金轿杠"上的王室女眷，仿佛一不小心，她就会从浮雕中跌落出来

第二章　失落的瑰宝——吴哥寺

余，在他们附近都各有一小段梵文，写着将军们的名字。大人物出场时，仪仗杆上还有"吉祥物"。为大部分将军开路的小动物是神猴哈奴曼（Hanuman），而为苏耶跋摩二世开路的是骑着迦楼罗（Garuda）的毗湿奴。

国王头戴一顶象征天神的尖尖三角帽，身后有20多把华盖、扇子和拂尘。国王以下，根据官职大小，也有不同的出行配备。根据周达观的《真腊风土记》记载，从高级官员如丞相、将帅、司天等往下至各司吏：最高等级者可以乘用金轿，配4顶金柄伞；次一等的用金轿加2顶金伞；再次一级的是金轿加1顶金伞；更次一级的就只有1顶金伞而无金轿；其余更低级的官员只用1顶银伞，也有乘银轿者。不仅是官员，僧侣也根据等级携带不同的伞。这种伞其实是特制的装饰品，用从中国进口的红绢制成伞面，看起来华贵夺目。真正用于遮雨的雨伞则以绿绢为材料。这幅浮雕不仅仅是艺术瑰宝，还有重大的考古价值，专家正是通过这些细节，还原当年吴哥的真实状态。

国王出征是8幅浮雕中唯一一幅表现现实题材和人物的作品，或者说苏耶跋摩二世是将自己与其他天神等同视之。这也是历代真腊国王中，首次以叙事性画面展现个人相貌的雕塑。此前的古高棉君主要么通过碑刻记载自己的生平和功绩，要么建造庙山，在里面供奉代表自己的林迦——抽象化的石柱，压根看不到相貌。所以苏耶跋摩二世算是开创了一种自我神话的新形式。

这幅御驾亲征浮雕虽然是严肃的政治宣传作品，但也有许多有趣的细节。所有的真腊士兵军容严整，武器甲胄统一。随着游客的脚步往右移动，眼前的浮雕变成了暹罗兵。这些异族部队被安排在第一线，当年暹罗曾饱受占婆侵扰之苦，大概很乐意同真腊结盟（也许是被雇佣），共同打击宿敌。相比雄赳赳气昂昂的真腊兵，暹罗兵左顾右盼、交头接耳，连盔甲都没有。

天堂与地狱

从国王出征浮雕继续向东，就到了"天堂与地狱"。

这幅浮雕从下到上分别描绘了32层地狱、人间和37重天堂的情

▽ 阎摩标准照

△ 地狱的各种骇人图景

景。将死之人井然列队，逐一行至坐在水牛上的阎摩（Yama）面前，等候人生的最终判决。阎摩是太阳神苏耶（Surya）之子，早在公元前2000年就出现在古印度，据传他可能是中国的地狱主管阎罗王的原型。

在这幅浮雕中，阎摩长着18只手，握有16柄宝剑，可以快速下达判决结果。他的手下当即就将被判有罪的坏人通过一块活动门板扔进地狱，连上诉的机会都没有。

"天堂与地狱"几乎是所有古代文明的必备传说。有趣的是，关于天堂的描绘往往千篇一律，无非黄金屋、颜如玉，各种荣华富贵享受不尽，基本上是人间奢华生活的翻版、堆砌和放大。但是对地狱的描写就生动多了，人们将想象力发挥到极致去创造各种各样的酷刑和惨状。在这幅浮雕中，地狱的场景包括拔舌头、活体解剖、浑身扎钉子、铁矛穿刺、火烤等。

苏耶跋摩二世是通过不正当手段上台的。当时真腊国内乱，正牌国王陀罗尼因陀罗跋摩一世是仁慈之君，但毫无带兵打仗的经验。苏耶跋摩二世是老国王的侄孙，他利用当时的叛乱，杀害了陀罗尼因陀罗跋摩一世，再消灭叛军，结束了国家的分裂状态。苏耶跋摩二世作为虔诚的教徒，回想起自己篡位弑亲的过往，在监督雕刻这幅浮雕时，大概深有感触。

▷ 浮雕上部，无数阿普萨拉从海里诞生后在空中翩翩起舞，为神魔鼓劲加油（"搅拌乳海"浮雕局部，提婆部分）

▽ 制造永生甘露的工作条件恶劣，毗湿奴十分"狡猾"，让首席阿修罗巴利拽住不断喷火的那伽蛇头（"搅拌乳海"浮雕局部，阿修罗部分）

搅拌乳海

欣赏完南侧回廊两幅浮雕后，我们再向左转，进入东侧回廊。第一幅浮雕就是在吴哥处处得见的创世神话"搅拌乳海"。

提婆族和阿修罗族本是同父异母的兄弟，后来反目成仇。可是因为各种原因，两方都遭遇了生存危机，只能协商一起劳动，开发新型大补药"永生甘露"。跟后世炼丹的巫师们搞化学实验不同，获得甘露是一个物理过程——不停搅动加入珍贵草药的乳海，大致原理类似于用木杵搅拌牛奶，最后得到奶酪。乳海如此宽广，毗湿奴自告奋勇，拔起曼荼罗山作杵，自己变成大海龟沉在海底作地基，然后让海龙王（蛇神）、那伽族头目婆苏吉（Vasuki）用长长的身躯缠住曼荼罗山。提婆拽住倒霉的龙王尾巴，阿修罗拉着龙王的头，像拔河一样拉动，曼荼罗山就跟着转动，乳海就这样翻腾起来。

如此劳动了1000年，也不知道死了多少无辜的小鱼小虾、乌龟螃蟹后（浮雕下层刻画了很多被碾成数段的鱼虾尸体），乳海果然蹦出来一些好东西。人们清点后发现了14件宝贝，最重要的当然是永生甘露，其余副产品包括众多阿普萨拉——在几乎所有吴哥寺庙中都可以见到。她们没有翅膀，挥动双臂就能轻易飘浮，向着天堂欢快地起舞飞扬。据考证，阿普萨拉可能是敦煌壁画中飞天的原型。其中还有女神吉祥天女（Lakshmi，或音译为拉克希米）和酒之女神梵琉尼（Varuni），前者被毗湿奴相中娶为妻子。

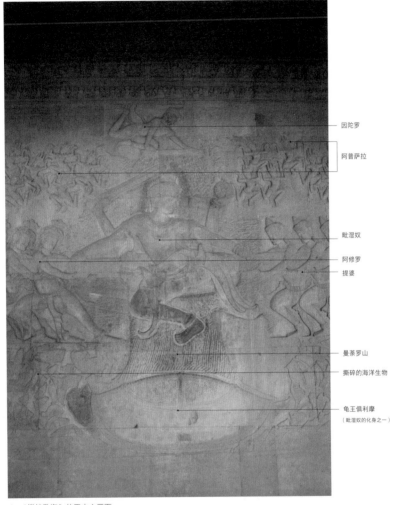

因陀罗

阿普萨拉

毗湿奴

阿修罗

提婆

曼荼罗山

撕碎的海洋生物

龟王俱利摩

（毗湿奴的化身之一）

△ "搅拌乳海"的正中心画面

此外，还有许多神兽和其他宝贝。

搅拌乳海终成正果，双方平分，本应皆大欢喜，不过神仙们当下便争斗了起来。人性从古至今大概一点也没有改变，5000年前古印度人的神话在现今不也经常上演吗！

千辛万苦获得的甘露不巧出现在阿修罗一方。毗湿奴貌似公正，其实暗地里支持提婆，此时一看不妙，便化作绝世美女莫希尼（Mohini）混进阿修罗中大跳艳舞。在"女装大佬"毗湿奴和众阿普萨拉的包围下，阿修罗神魂颠倒，不能自已，提婆趁机偷走了甘露，美人计大获成功。阿修罗愤怒开战，然而喝了永生甘露的提婆战斗力大增，干净利落地打败敌人。提婆如愿得到天堂，可怜的阿修罗只好败退到地狱里，从此宇宙相安无事。

"搅拌乳海"的创世故事体现了印度教无休止的斗争哲学——这个世界是运动的，在斗争中产生、维持并毁灭。虽然人们将提婆标记为善，阿修罗标记为恶，但二者相互斗争又相互配合。正是提婆和阿修罗这对立的双方合作创造出了新世界，这又有点辩证法的味道。

在"搅拌乳海"的浮雕中，毗湿奴站中间，左边92个阿修罗，右边88个提婆。每边还各有3个高大的形象，显然是首领穿插在队伍中间。左侧的阿修罗身体向后拉拽，面目狰狞，似乎正用尽全力；而右侧的提婆却有些无精打采。提婆和阿修罗各处一边，让人有一种正在进行拔河比赛的错觉，但搅拌乳海不是竞争，而是合作，只有双方有节奏地向同一个方向倾斜，曼荼罗山才能转动起来，所以这幅浮雕定格在了阿修罗使劲、提婆放松的瞬间。

吴哥寺的浮雕也藏着数字隐喻。这面墙全长48.45米，减去中间毗湿奴所占的宽度，两边队列长度各54肘尺[5]，加起来正好108。在印度教的宇宙观中，108表示完整的世界。92个阿修罗和88个提婆并不相等，这又是为何？有学者推测，一年中从春分到秋分是186天，秋分到次年春分是179天，而阿修罗和提婆数量之比近186∶179，所以浮雕代表了一个完整的年度，每一个神魔为2天时间，6个首领是关键的节气时点。

毗湿奴大战阿修罗

东北侧回廊的浮雕是"毗湿奴大战阿修罗"。毗湿奴站在迦楼罗肩上，同左右两边数不清的阿修罗顽强作战。当然毗湿奴大获全胜，众神公敌阿修罗又一次可耻地失败了。

现代考古学家根据浮雕上僵硬的人物造型和粗糙的雕工，判断这是15—16世纪的作品，是在吴哥国王已经放弃都城后才雕刻的。大概是虔诚的信仰和对失败命运的抗争令那些遗族执着于这座已经死亡的城市，虽然他们的技术水平远不及12世纪的工匠，但一颗诚挚的心或许比精妙的技艺更令人动容吧。

---

5 古高棉1肘尺约等于43.5厘米。

黑天大战波诺

继续往前走，来到北回廊偏东的"黑天大战波诺"浮雕。

黑天是大神毗湿奴的第8个"马甲"，毗湿奴有10种不同的化身，中国人最熟悉的"佛陀"也是其一。当然这都是印度教的内容，仅跟佛教有一定的交叉关联而已。

八臂十头的黑天骑在迦楼罗身上，公羊驮着火神阿耆尼（Agni）跟在后面，这个场景数次重复。波诺（Bana），一个千手大魔王，盘踞要塞跟黑天对抗。于是火神吐火烧毁了城池，接着迦楼罗又喷水灭火以免伤及无辜。黑天在战斗中投掷铁饼将波诺的千手一一斩断。无奈之下，波诺只好跑到凯拉萨山（Mount Kailash），向住在那里的湿婆求助。不知道他们达成了怎样的协议，最后黑天饶了波诺一命。

天神大战阿修罗

沿着北回廊继续向西，便是"天神大战阿修罗"。

这幅浮雕的场景复杂，需要注意几个关键的神仙。其中善神有21位，算是正义之师的首脑集体亮相。可以通过坐骑来判断各位大神的身份：骑

△ 天神众像

着迦楼罗的是毗湿奴，骑着南迪的是湿婆，骑着水牛的是阎摩，骑着公羊的是火神阿耆尼，骑着天鹅的是梵天，骑着三头象的是因陀罗（Indra），骑着孔雀的是战神塞犍陀（Skanda），骑着怪兽摩伽罗（Makara，或译为摩羯）的是海神伐楼拿（Varuna），太阳神苏耶与月神苏摩（Soma）则驾战车。

浮雕里还有两个大反派：波诺、罗波那（Ravana）。他们的特点是长着许多只手，比善神还多。一般而言，手臂越多代表法力越强。但正所谓过犹不及，善神的手臂不会超过10只，超过必是恶魔无疑。这也是一个分辨善恶角色的小窍门。

楞伽之战

"楞伽之战"是最后一幅浮雕。到这里我们已经绕行吴哥寺主体建筑一周，重新回到西侧回廊的北段。"楞伽之战"取材于古印度经典史诗《罗摩衍那》，它和《摩诃婆罗多》其实一点也不逊于荷马史诗《伊利亚特》和《奥德赛》，只不过现代强势的西方文化尊崇古希腊，并自命为其继承者；而古印度河文明早已毁灭，恒河文明式微，被后来者改得面目全非，璀璨文明无以为继。

《罗摩衍那》的字面意思是《罗摩传》，主要讲述罗摩（毗湿奴的化身之一）的斗争经历及其同妻子悉多（Sita）曲折的爱情故事。"楞伽之战"的前因是大魔王罗波那（浮雕中的形象有10个脑袋和20条手臂）看中了美貌的悉多，于是强行把她掳走。爱妻被人强夺当然不能忍气吞声，但是罗摩正被流放，孤家寡人如何才能打败罗波那？

罗摩只得静待时机，后来他帮助须羯哩婆（Sugriva）杀死了猴王波林（Vali），助其登上猴国王座（"波林之死"的故事将在参观女王宫时详细讲述）。于是罗摩与猴王结盟，并得到神猴哈奴曼及大量猴兵的帮助。"楞伽之战"就是罗摩和罗波那之间的总决战。

楞伽（Lanka）是传说中的魔王老巢，即今斯里兰卡岛（Sri Lanka）。罗摩率猴军渡海后，将楞伽城团团围困，击败了罗波那，救出妻子悉多。故事本已是大团圆结局，然而罗摩却展现了男人固有的缺点：多疑和嫉妒。他怀疑悉多不贞，要离婚。大费周章救老婆大概只是为了拯救自己可笑的自尊心！悉多原是一国养尊处优的公主，甘愿跟随被流放的丈夫罗摩在森林里经历磨难，就凭这一点还不足以证明夫妻感情吗？之后悉多投火以证清白，火神将悉多救出，夫妻俩重归于好，罗摩登上王位，成为一代圣君，凡此种种。悉多投火的浮雕可以在西北方的角楼处看到。

说到悉多自焚，会让人联想到印度的一种习俗，遗孀必须陪亡夫一起火葬，这套仪式有一个专有名词"萨蒂"。萨蒂也是一位女神，是湿婆的第一任妻子。传说萨蒂的父亲不喜欢湿婆，便找了机会羞辱他。萨蒂很伤心，认为自己也有连带责任，于是投火自焚了。湿婆神经敏感又很爱萨蒂，一怒之下便虐杀老丈人，还打算拉上全宇宙一起陪葬。幸好最后毗湿奴想方设法化解了这次由家庭矛盾引发的世界危机。

忠诚、贞洁的女性不惜投身烈火的情节在神话中不失凄美，但若将其投射到世俗人间，那就是罪恶。"萨蒂"有一套专门的仪式，寡妇穿上婚纱，卧在亡夫身边，任由大火将两人吞噬，以此再现女神死亡、转生、与亡夫重逢的"美好"历程。不幸的是，大概从印度的笈多王朝（约320—540年）起，这种陋习就开始盛行，直到现在还有零星案例出现。

▽ 下沉式水池曾经是宗教仪式的重要场所

十字回廊里的回声

穿过第一层回廊后，游客便可抵达第一层平台台顶。首先映入眼帘的是由回廊围成的大天井，中间嵌入了十字回廊，将大天井分割为4个大小形状一样的小空间。"天井"的严谨说法是"圣池"，十字回廊切分出来的4座圣池比回廊地面低近2米。专家认为这是用来沐浴或盛装祭祀圣水的地方。

吴哥寺回廊为半开放式，一侧通透敞开，另一侧是封闭的石墙。墙面绝不留白，刻有大型叙事性浮雕（如一层回廊）、衣着华贵的阿普萨拉女神像或相对简单的重复图案。

在十字回廊里，有一个特别的小房间，据说人在里面拍拍胸脯就可以听见"隆隆"的回声，在圣剑寺也有一个类似的地方，可惜在乱哄哄的游客群里不可能听到任何回声。想象在一个淅淅沥沥的无人雨夜，古高棉祭司手持火把，一个人来到这里，面对浮雕喃喃祈祷。昏黄的火光将他的身影映照在墙壁上，他的灵魂在石头上起舞，神似乎听见了他的祈祷，竟使他的柔声细语在这里逐渐放大增强，最后在祭司耳朵里变成了洪钟般的神谕。石屋内的回声掩盖了室外的风雨声，他陷入冥想。在这个时刻，祭司仿佛脱离了尘世，同宇宙融为一体。

△ 即便安装了木质楼梯，游客依然得小心翼翼，任何闪失都将导致严重后果

爱情天梯

离开十字回廊踏上第二层平台后，有些游客会坐在墙角边的阴凉处休息，另一些则在第三层平台下排起了长队，这是为了维持登顶秩序采取的安全措施。第三层平台虽然只有13米高，但坡度惊人，几乎直上直下。现代的台阶踏步宽度不小于28厘米，坡度在30度左右。而吴哥建筑的踏步一般宽度为15厘米，最大坡度甚至超过70度，加之磨损，踏步边缘都被磨成圆弧状，攀登时必须手脚并用，几乎贴着台阶才有点安全感。

1973年，一位法国女游客不慎从吴哥寺第三层平台的台阶上滚落，不幸遇难。同行的丈夫悲痛欲绝，为了悼念亡妻，他在第三层平台的南台阶上捐建了一道木质楼梯，不仅减缓了坡度，还增加了扶手，安全系数大大提升。木梯给冷峻的吴哥寺宗教气氛带来一丝温情。

现在管理部门将其余台阶都封闭了，游客只能通过唯一的木梯攀登，这必然导致等待进入的游客排起长龙。在高峰时间，管理员会严格控制登顶人数，上面下来一个才能放上去一个。

圣殿与涂鸦

第三层平台的正中心就是吴哥寺的最高建筑——代表须弥山顶峰的中央塔殿，古时，这里只有大祭司和君王才能进入。平台回廊的4个方位均有一座稍低的塔殿，拱卫中心，这就是游客们远远看到的5座莲花塔。这5朵"莲花"是吴哥遗址的精华，更是柬埔寨的象征，承载了这个国家太多历史和祈望。

中心塔殿高42米，加上底层平台的高度，其绝对高度有65.5米，相当于现代20层楼高，同巴黎圣母院的正面双塔高度差不多，这令早期来此考察的法国探险家惊叹不已。

中央塔殿内供奉了一尊佛像，身披亮黄色的绸缎，周围还有祭

△ 中央塔殿，须弥山的顶峰

▽ 从巴肯山遥望吴哥寺。因角度所限，中央塔殿刚好与前后两座稍低的塔殿重合，所以乍一看似乎只有3座

△ 一尊香火旺盛的佛像

在湮没的历史中微笑

品。正巧一队穿着同样色调袈裟的和尚也进来膜拜，场面很是和谐。不过，吴哥寺不是献给毗湿奴的神庙吗，怎么正殿里供奉的是佛陀？

原来在改信上座部佛教后，古高棉人将毗湿奴像抬出去，把佛像请进来，于是印度教寺庙瞬间就变成了佛教的地盘。如今在吴哥寺最外层供官员进出的一扇门楼里，有一尊高达4米的八臂毗湿奴石雕，由整块上好砂岩雕刻而成。专家认为这尊像的尺寸相对门楼而言过于高大，石雕的精美程度与门楼的重要性也不匹配，因此推测它是后来移放的，很可能就是原先安放在中央塔殿里的那尊毗湿奴像。有考古证据表明这尊毗湿奴像在1131年7月被供奉于当时还是一片工地的吴哥寺，那时可能是苏耶跋摩二世33岁生日。33这个数字在印度教中具有特殊含义，因为须弥山上就居住着33位大神。

专家们还发现，每年春分时节，太阳从中央塔殿后升起，阳光从塔顶的小孔中汇聚，穿过地面上的洞，再经过一条27米深的垂直通道，直达地宫。有人认为这里是苏耶跋摩二世为自己准备的陵寝，可妥善安放棺椁。直到这一刻，神王的肉身才算完成任务，让灵魂回归天庭。1908年，考古学家打开这口竖井，进入地宫，发现了2个长方形盒子。可惜这不是图坦卡蒙的宝藏，人们只从盒子里找出6片金树叶和2颗蓝宝石，剩下的都是细沙和泥土。

第三层平台是人能够抵达的最高点，可以俯瞰周边的景色。正准备下去时，我突然发现一面墙壁上刻了许多歪七扭八的线条，凑过去看个真切，上面真是万国词条。在一串字母下还留有日期，竟然是1888年的涂鸦！这是不是也能算“文物”了？在第二层的十字回廊，一群日本人围着一块石碑叽叽喳喳，上面居然有一段日文。原来在17世纪上半叶，一位名叫森本右近太夫一房（他的父亲是加藤清正的大将之一）的佛教徒来到吴哥寺，把这里当作“祇园精舍”，修行多年，亦留下了涂鸦。如今森本的手迹反而成了一个景点，这也证明了吴哥其实从未被废弃，只是远离了大众视野罢了。

日落吴哥

前一天拍摄日落时太晚了，光线不尽人意，翌日我们再一次

▽ 吴哥夕照

△ 吴哥寺处处雕刻了婀娜美丽的仙女阿普萨拉，也许她们的原型就是真实的高棉女子

第二章 失落的瑰宝——吴哥寺

进入吴哥寺。在接近吴哥寺护城河的时候，我发现几只猴子在堤岸边逍遥地散步，一只更是大胆地从高速驶过的tuktuk跟前穿越道路，跑进另一边的树林中。

堤岸的护坡草坪上，当地人三三两两坐卧在野餐布上，旁边摆着饮料和食物。有人打开CD音响，播放着当地的轻快乐曲。堤岸上方的马路车流如织，tuktuk、轿车、大巴一辆接着一辆将游客快速地送到景点门口。

真想学着这些柬埔寨人，戴上耳机，就地躺倒。从这里可以舒适地欣赏平静的水面、层层叠叠的回廊和远方的中央殿堂。不用抢机位，也不理会嘈杂的人声，更没有小贩晃来晃去，我只用眯着眼睛等待落霞余晖将吴哥古寺染成瑰丽的金黄色，然后好好睡一觉。

正在胡思乱想之际，树上的几只猴子吸引了我的注意。原来这些哈奴曼的后代知道傍晚有人在河边野餐，专门等在这里讨吃的。大概只有在这里，猴子们才有点安全感，不必被游客们的惊呼和好奇干扰吧。其实在将近500年时间里，猴子才是这里的主人。

第三章

丛林遗珍

没有圣剑的圣剑寺

走完吴哥寺，我们沿吴哥遗址"大圈"继续游览，主要有8座古迹：圣剑寺、龙蟠水池、塔逊寺、东湄本寺、比粒寺、斑黛喀蒂寺、皇家浴池和巴肯山。

圣剑寺（Preah Khan）由阇耶跋摩七世于1184年开始兴建，为了纪念自己击败占婆的伟绩，建设地点就在一次取得重大胜利的战场原址。寺庙的原名是"神圣的胜利之城"，圣剑寺是后人起的别名。1191年圣剑寺建成后，阇耶跋摩七世将其献给自己的父亲，用作皇室家庙。

圣剑寺不仅是寺庙，也是一所神学院，更是一座大型卫星城，总计有10万人生活在这里及周边村落，同一时期英国伦敦的居民不足2万人。这还只是圣剑寺一座寺庙的规模，整个吴哥都城几乎

△ 静谧的圣剑寺参道，两旁是代表林迦的大型石柱

△ 迦楼罗大战多头蛇，墙齿上的神龛内原本应该有一尊佛像，可惜在阇耶跋摩八世统治期间的灭佛运动中被毁

跟现代纽约一样大，由此可知当年真腊王国有多么强盛。阇耶跋摩七世在位期间进行了浩大的工程建设，最大的一项就是吴哥新都城——通王城。在通王城完工之前，阇耶跋摩七世将圣剑寺作为行宫，指挥建设、处理国事。

进入寺庙前，照例要通过一条由细沙土铺就的参道。参道两边是一人多高的石柱。走完参道，越过护城河，便来到第一道红土岩的围墙边。这道围墙以50

米为间隔，共雕刻了72座5米高的迦楼罗大战那伽的浮雕。迦楼罗脚踩蛇头，双臂将蛇尾高高举起。

穿过围墙的高大门楼，又走了一小段参道后，就能见到圣剑寺的主体建筑群了。西门的石阶上伫立着两座高大的人身石像，左手抚胸，右手持剑支撑于地。他们是守护圣坛的卫士德瓦拉帕拉（Dvarapala，或译为守门天）。

圣剑寺为吴哥晚期建筑，在规划形制上更趋完美，比早期同为平地式寺庙的神牛寺、罗莱寺、豆蔻寺、女王宫等更为繁复，它也是同类寺庙中规模最大的。在寺庙核心区，大小回廊层层叠叠，回廊之间形成的天井中还供奉着小神龛或石碑、林迦，建筑密度极高。

在这样的石头房间里如何安排僧侣、学生和官员的住宿？吴哥寺庙的功能在于强调宗教的神圣感，外观是重中之重，所以真正为人服务的生活区、办公区、教学区，其实位于寺庙核心区和第一道城墙之间以及寺外更广阔的区域。这同中国的佛教寺庙布局大不相同。

阇耶跋摩七世在父亲的影响下皈依了大乘佛教，进而将其提升为国教，打压此前居于主流的印度教。圣剑寺建造时正处于这样的变革时代，因此不可避免地出现了印度教和佛教艺术样式的混杂。中央庙堂供奉的是佛教观世音菩萨，据传其容貌原型是阇耶跋摩七世的父亲；而寺庙门楣的浮雕来源于印度史诗，小庙堂

△ 建于16世纪的小型窣堵波

里供奉着湿婆和毗湿奴，阿普萨拉仙女的装饰随处可见。

中央庙堂原本安放的观音已经失踪，如今那里是一座建于16世纪的窣堵波，亦香火不断。在庙堂侧壁上方有一个小洞，光线能够从那里透射进来。如果在浮屠前略微蹲下仰拍，在某个角度能正好让塔尖连着小洞，看上去浮屠就像一个点燃的烛台。这就是所谓"浮屠点灯"，颇有一些杜撰的味道。

在中央庙堂东北侧，有一幢奇怪的两层建筑。首先，这座石质建筑的风格跟吴哥传统建筑不同，近似希腊式，拥有32根巨大的圆廊柱（3.5米高）。其次，吴哥遗迹中没有其他独立的两层建筑，回廊、藏经楼、塔殿的高度都是随着平台高度的变化而变化，这样的形制独此一家。第三，此建筑没有楼梯，如何到达二楼空间呢？有人推测当时用的是可移动的木质梯子，也有人猜测二楼是用来保存重要物品，禁止随意上下。第四，吴哥寺庙的整体规划呈严格的对称模式，而在圣剑寺的东南端并无与此对称的建筑，因此这座建筑是寺庙建成后临时增加，还是规划时就另有深意，不得而知。

关于两层建筑的用途也众说纷纭。最常见的观点认为这里是存放圣剑的地方，这显然是根据寺庙名称强行附会；第二种说法是谷仓；第三种解释是图书馆。由于尚无定论，在英文资料中，这幢建筑的正式名称是"拥有圆柱的两层建筑"（two-storeyed structure with round columns），虽然缺乏文采，倒不失严谨。

两层建筑旁边有一大片石质矩形台基，这是阇耶跋摩七世时代出现的一种新式附属建筑——舞殿。它的功能是为祭祀仪式提

▽ 奇怪的希腊式两层建筑

供舞蹈活动空间，一般设置在主体建筑前，四面敞开，只用方柱支撑木制屋顶。如今仅剩地基，游客只能遐想装扮成阿普萨拉的舞女在这里舞动曼妙身姿，祈盼风调雨顺。

圣剑寺还有一个很小的景点，称为"王后小屋"。那是一个由坍塌下来的石头围成的小空间，看起来像石屋的模样，里面有一尊石像，据称是阇耶跋摩七世的第二任妻子因陀罗黛维（Indradevi）的塑像。来这里参拜的都是柬埔寨本地人，鲜少外国人驻足。

龙蟠水池

从圣剑寺东门出来，便可乘坐tuktuk前往龙蟠水池。Neak Pean是当地名称，意为缠绕的巨蛇。如果从空中俯视，可以发现圣剑寺、龙蟠水池和塔逊寺的中轴线正好在一条直线上。这三座建筑群都建造于阇耶跋摩七世执政期间，大约完成于1191—1210年。

阇耶跋摩七世在建设圣剑寺时，为了满足工程需要，在其东面同时修建了小型人工水库阇耶塔塔迦（Jayatataka），现在也被称为"北池"。阇耶塔塔迦长约3.7千米、宽0.9千米，水库中心有一座12公顷的人工岛，龙蟠水池就建在岛上。前文介绍过的罗莱寺也是建在岛上的寺庙，可见，古高棉人习惯在人工水库的中央建造一座寺庙来镇水祈福。

然而，龙蟠水池同其他岛庙相比又有很大不同。有碑文描述其职能："凡与接触之人，所有罪恶之泥，皆将荡涤洁清，慈航普度。"学者们据此推断，龙蟠水池代表阿那婆达多湖（Anavatapta）。在印度教和佛教的宇宙观里，此湖位于世界中心，湖水能够治愈所有疾病。因此龙蟠水池不是普通寺庙，而是为平民百姓服务的医疗场所，这在吴哥遗迹中是独特的。其他吴哥古迹或是献给神的祭品，或是为了展现帝国或神王的形象，只有龙蟠水池直接满足于人的需求。龙蟠水池的治病原理与中国的五行学说相似，首先由巫医诊治病患，判断其是否缺乏某种元素，然后病人在巫医的指导下进入相应的小水池浸泡药浴。

据塔普伦寺碑文记载，阇耶跋摩七世在全国共修建了102座公立医院。这是相当了不起的成就，在20世纪中叶柬埔寨独立之初，全国的医院床位总数也才300多张。可惜这些医院都是用易腐的木材建造的，现在我们已经看不到了。

吴哥遗址中，除了龙蟠水池这座药浴场所，还有4处真正的医院。吴哥寺西入口附近和茶胶寺以西约150米处，各有一座孤零零的神龛。据考证，这就是当年的医院所在地。从一块石碑的记载得知，每所医院配有2名医生、6名助理、14名护士、2名厨师、6名药剂师和66名辅助人员。国家还规定医院要存储定量的食物和药物，分门别类归放。

△ 龙蟠水池，画面左侧的雕塑讲述的是神话故事"飞马救人"

　　不同于其他宏伟高大或精致繁复的建筑，龙蟠水池名副其实，除了是一座为民祈福的寺庙，还是一个拥有调蓄功能的真正的水池。整个建筑形制简单，中间是正方形大水池，四边各有一个小正方形水池。大池中央有一座不大的圆形岛庙。2条七头巨蛇沿着岛庙边缘逶迤，仿佛是蛇托着寺庙漂浮在水面上。巨蛇尾部在岛庙西面缠绕在一起，这应该就是其名称的由来，亦有资料将其称为"盘蛇寺"。

　　中心大池的四边均有一座小型神龛，里面各有一个喷水管，分别装饰成人脸（东面，代表土）、狮头（南面，代表火）、马头（西面，代表风）、象头（北面，代表水）。由于大池水位较高，圣水就能从这些"水龙头"的嘴巴里面汩汩流出，注入小池中。

　　周达观在《真腊风土记》中对龙蟠水池有简短的描述："北池在城北五里，中有金方塔一座，石屋数十间，金狮子、金佛、铜象、铜牛、铜马之属皆有之。"当初岛庙和雕塑应该都有镀金或镀铜，可惜现在只能看到朴实的石质胎体。书里提到"铜牛"而没有"人脸"，也有可能现在的人脸就是周达观笔下的"金佛"，但是铜牛的去向还是成谜。

仙女管理局

塔逊寺（Ta Som）在龙蟠水池的正东。有关塔逊寺的考古资料不多，就连它的兴建目的也不清楚。塔逊寺与圣剑寺形制相似，规模却更小，也是平地式寺庙，从建筑风格上看，已经趋于完善，

▽　一株绞杀榕死死缠住了塔逊寺东门楼

门楼出现了著名的"四面佛"的造型，而圣剑寺却没有。圣剑寺、塔逊寺风格的终极成果是伟大的巴戎寺。

塔逊寺的看点有二：一是东门楼被一株绞杀榕的根系完全包裹住了，树根紧紧地缠绕着石头，直至有一天使门楼彻底崩裂；二是寺内有很多美丽的阿普萨拉浮雕，不同于吴哥寺或女王宫内中规中矩的仙女，这里的阿普萨拉神态更自然放松，有的顾影自怜，有的梳理头冠，有的手插发簪，有的佩戴耳环。每一个阿普萨拉的面貌和动作都不相同，栩栩如生，仿佛将千年前青春活泼的女子的生活定格在浮雕里。

▽ 塔逊寺是一座佛教寺庙。下图的门楣和"几"字山墙浮雕表现的是观世音菩萨及其信众。这种"几"字山墙是从印度建筑中的马蹄形拱门"Kudu"发展而来

在湮没的历史中微笑

塔逊寺的建筑损坏比较严重，虽然从20世纪50年代就开始修整，但也仅仅是减缓恶化的速度。21世纪初，世界文化遗产基金会接手了修复工作，目前一些抢救性的复原工程已经完成。维修人员用木架撑起东倒西歪的墙壁，刻有精美浮雕的门楣山墙碎块也被重新拼起。如果无法复原，碎块就只好摆放在地上供人欣赏。

目前，一个名为"吴哥与暹粒地区保护与管理局"的政府机构全面负责遗址的保护、旅游、发展等事项。该机构的法语缩写正好是APSARA，与阿普萨拉仙女同名，所以又被人们亲切地称为"阿普萨拉管理局"。不过吴哥太大，遗迹太多，损毁太严重，仅凭柬埔寨自身力量无法进行有效保护，所以吴哥遗迹的修复工作很大程度上要仰赖国际支持。从20世纪初开始，尤其是1993年柬埔寨国内恢复和平后，来自不同国家、不同组织的维修队先后在吴哥工作。吴哥无形中变成了国际文物修复的擂台，各国各显神通，技术手段和处置风格也迥然不同。

千年人工水库

游览过圣剑寺、龙蟠水池和塔逊寺之后，我们来看两座吴哥早期的建筑遗迹——东湄本寺（East Mebon）和比粒寺（Pre Rup）。

东湄本寺建成于952年罗贞陀罗跋摩执政期间，比罗莱寺晚半个世纪，开始显露出吴哥王朝兴盛的迹象，在规模和形制上不再受限，隐隐有了帝国的气势。

除了早期较小的因陀罗水池，在王朝鼎盛时期共有3座大型水库，以吴哥通王城为参照点，分别为北池、西池、东池。北池即前文提及的龙蟠水池所在地；西池尚存，湖中心有岛庙西湄本寺，已经残破不堪；而东湄本寺正是东池的岛庙。东池是一座规整的矩形水库，长约7000米、宽约1800米，可以蓄水5000万立方米。

关于人工水库的功能，很多专家认为是调节水量、灌溉农田，但并没有考古证据和文献支持这个观点。东池出土碑铭上只显示了宗教功能：国王希望"让其充盈的天福向冥界敞开"。而当代水利工程师全面考察了水库堤岸，并配合卫星照片研究后，也没有

△ 东湄本寺中央塔殿

△ 烈日当空，却又有一种挥之不去的肃杀感

发现古代排水口和沟渠的蛛丝马迹。因此有不同观点认为，水利工程只是现代人一厢情愿的附会，水池的功能是宗教性的。古高棉人将首都通王城类比为众神居住的须弥山，人工池便模拟了环绕圣山的创世之海。整个吴哥遗迹就是这样的宇宙模型，通王城是稍小的版本，城内的巴戎寺更小一点；至于城外的吴哥寺则自成一体。

如今东池已经完全干涸，湖底长满了翠绿的植物，地面上覆盖着一层细细的沙土。东湄本寺的入口本是码头，池水退去后便显得寺庙的入口特别高，今人不得不支起一架木梯以供攀爬。

东湄本寺的建筑结构是金字塔形，在寺庙第一、二层平台的四角原本各立着一头大象。目前保存最好的一头位于西北角，用一整块砂岩雕刻而成，比真象略小，高约2米，造型逼真。古印度人认为，有8只大象分别站立在宇宙的8个方向（东、南、西、北、东南、西南、东北、西北），支撑起人类居住的大地，所以它们又被称为方位象。

东湄本寺的顶层平台上有5座排列成梅花状的塔殿，称为金刚宝座塔。建筑外墙有浮雕，轮廓已模糊不清，只能大致看出人形。墙壁上密密麻麻都是小坑，这是当年用来固定灰浆的技术遗迹。灰浆的优点是容易下刀，便于创作，致命缺点是不易保存。

周达观记载东湄本寺："东池在城东十里，周围可百里。中有石塔、石屋，塔之中有卧铜佛一身，脐中常有水流出。"如此简单的一句话却引起学术界的长久争论，至今莫衷一是。

△ 方位象，没有三头六臂，也没有飞天翅膀，一件颇具写实风格的圆雕

▽ 远观方位象

△ 西湄本寺出土的毗湿奴卧铜像残件（高1.22米、宽2.22米，东南亚最大的青铜像之一。现藏于金边的国家博物馆）

第一个疑问关于"周围可百里"。夏鼐先生引用法国学者伯希和的注解，认为东池的长度远远小于百里，这句话可能是周达观的笔误。也有人认为"可百里"是水源可大致覆盖的农田范围。

第二个疑问关于"卧铜佛一身，脐中常有水流出"。这里的"卧佛""脐中""流水"是关键词，描述的显然是印度教的创世神话和毗湿奴。在金边的国家博物馆有一件毗湿奴卧铜像残件，样式同周达观的描写如出一辙，可这是西湄本寺出土的文物，东湄本寺却无发现。圣剑寺出土的一块石碑亦记载东湄本寺有一尊湿婆神像，但湿婆的肚子不会冒水，与周达观的描述不符。那么周先生所写的"卧铜佛"到底在哪儿呢？至今成谜。

皇家火葬台

　　比粒寺位于东湄本寺正南方向，两者中心均在一条南北轴线上。此寺是罗贞陀罗跋摩在东湄本寺竣工约10年后（962年）建成，是当时吴哥王朝的国庙，因此规模比东湄本寺大得多。国庙所在地自然也是王朝都城的中心，不过这座都城后来也被废弃了，我们现在看到的吴哥首都通王城是12世纪末的遗迹。

　　比粒寺正好在大圈的中间位置，我们到达的时间不太妙，正午的阳光猛烈，完全不适合拍摄。参观比粒寺的最佳时段是日出后和夕阳前，在柔和的光线下，比粒寺将呈现火红的色彩。这是由其建筑材料决定的。

▽ 小广场中央的石槽可能就是火化台

红砖砌起比粒寺的塔殿，红土岩则用来修建底层平台和围墙，坚硬的砂岩构筑最上层平台和塔殿的门框与门楣。古高棉人逐渐认定砂岩才是真正能够取悦神灵的材料，于是中晚期的寺庙多数取材于这种岩石。实际上，砂岩无论是开采成本还是施工难度都远大于前两者，这也间接反映出真腊王国逐步强盛的历程。

从残破的东塔门进入比粒寺，走过两道围墙便直抵金字塔形的寺庙山下。东面台阶前的小广场中央有一个长方形石槽，其他寺庙都没有类似的设置，现在普遍认为这是一座火化台。

比粒寺的字面意思是"身体旋转"，官方解释为"这使人自然想到一种火葬仪式，尸体的轮廓在火化台上向着各个方向不断旋转"。所谓"轮廓"大概是黑烟，"旋转"是烟在空中舞动。火化过程看起来就像尸体渐渐变成虚无缥缈的灵魂，向世人做最后的道别。

同印度人或尼泊尔人习惯将骨灰撒进河流不同，真腊人火化完成后还有一个重要步骤——清洗骨灰，石槽的北偏东设置了清洗处。人们会将故去国王的骨灰放在寺庙中，以显示他与神庙中供奉的神灵是一体的——国王是人间的神。

△ 双教合璧的寺院

一庙事二主

　　比粒寺的下一站是斑黛喀蒂寺（Banteay Kdei），意为"用于祈祷的城堡"，建于12世纪阇耶跋摩七世时代。它最初是印度教的寺庙，后来信仰大乘佛教的阇耶跋摩七世将其改建，供奉观世音，故而此寺体现出印度教和佛教混搭的特色。

　　寺庙的东塔门是我们多次见过的四面佛。塔门不大，门后有一个小女孩挡住去路，她的脖子上挂着一只塑料篮子，向往来的游客兜售明信片。这样的情形在发展中国家并不鲜见，靠着祖宗或自然的馈赠，当地人依托旅游业就能糊口，却不愿意贴钱送孩子上学。我们很容易批评成年人的鼠目寸光，但又何尝经历过极端贫困？从19世纪开始，柬埔寨小朋友就在卖东西，到了21世纪还在卖。

斑黛喀蒂寺比同为平地式寺庙的塔逊寺稍大，较圣剑寺和塔普伦寺稍小，规划形制完整，而且保存相对较好。它并非一次成形，而是经过不断改扩建。斑黛喀蒂寺最初可能是印度教徒冥想修行的场所，后来改成佛寺。两个宗教的碰撞导致寺庙内部特别拥挤，结构也变得复杂，宛若迷宫，有些地方仅容一人侧身通过。寺内遍布仪态万千的阿普萨拉仙女，她们总是成对出现。仙女一只脚踩在莲叶上，另一只脚高高抬起，像杂技演员那样在水面上表演轻盈的舞蹈。

斑黛喀蒂寺虽说整体结构保存较为完整，不过单体建筑的毁坏还是颇为严重。回廊的柱子东倒西歪，不得不用木架支撑。回廊上的莲花塔座也用铁丝一圈圈缠绕，防止石块脱落。负责维修的专家十分用心，这些铁丝并非直接缠在石头上，而是先在塔座上粘上一圈木楔，铁丝嵌在木楔里，这样就不会损坏石块。

古高棉人的公共澡堂

从斑黛喀蒂寺出来，过一条街，就是皇家浴池（Srah Srang）。

皇家浴池是一座700米×300米的人工湖，虽然比东池小得多，但是作为浴池，这规模也令人咋舌。湖上的岛庙已被毁坏殆尽，残存的遗迹也隐藏在水面下。我们现在看到的皇家浴池与斑黛喀蒂寺同是阇耶跋摩七世时代的作品，皇家浴池的岛庙相对斑黛喀蒂寺的中轴线却稍有偏移。专家考证发现，皇家浴池是在一座10世纪水池的基础上改建而来的。

不巧我们赶上皇家浴池维修，只能去到西面的矩形平台。更靠近水边的十字形平台围上了栏杆，不得进入。十字形平台上的那伽蛇身栏杆和踩着那伽的迦楼罗被卸成小块，摆放在矩形平台旁边的空地上。每个部件都用白漆标上编号，便于以后物归原位。

《真腊风土记》记载古高棉人不仅白天要洗澡数次，晚上也要沐浴。几乎每家都有自己的小浴池，如果实在经济拮据，便两三家合资共建一池。周达观还写道，当地人男女混浴，仅用左手护住私处下水。每隔三四日或五六日，都城的妇女便集中到护城河沐浴。不仅有平民百姓，也有达官贵人的女眷。周达观说，使团成员经常无事便到河边驻足。由于《真腊风土记》中关于古高棉人性开放的描写过于生动，20世纪初清末江浙一带的文人从中取材，收录于《香艳丛书》。

△ 塔殿林立

巴肯仙山

巴肯山（Phnom Bakheng）是早期吴哥颇有作为的君主耶输跋摩一世的作品。他认为罗洛斯地区发展空间有限，决意在洞里萨湖和库伦山之间的广阔平原地带再找一块风水宝地建都。古高棉人以山为尊，这片区域内有3座小山可供选择，分别是博克山（Phnom Bok）、猪山（Phnom Krom）和巴肯山。博克山位于东北，体积过大、高度太高，施工难度和工程量都超出国力；洞里萨湖北岸的猪山距湖太近，雨季容易被洪水淹没，而且若敌军从湖面来袭，也不利于防御；于是毗邻暹粒河的巴肯山脱颖而出，成为新都城的中心。此后吴哥王朝首都几度变更，但都在巴肯山附近。既然巴肯山如此神圣，想必是巍峨高大，风光无限。印度教最高神山（我国境内的冈仁波齐山）海拔6656米，可是巴肯山呢?如果您有幸在冈仁波齐转过山，再来爬巴肯山，简直就是一抬腿的事。

吴哥国王们可能触摸不到住在冈仁波齐的遥远神灵，但他们也能在自己创造的制高点同天神交流。所谓神圣，外表的高、大、上并非绝对，发自内心的虔诚才是信仰的根源。就跟男女恋爱传递信物一样，具体是什么东西并不重要，重要的是在里面所寄托的思恋，一片羽毛、一根红绳、一页情书都重若千金。所以我也收起轻视之心，开始认真地"爬山"。

虽然巴肯山的海拔只有67米，但"山不在高，有仙则灵"。来到山脚下，眼前有3条道路。正中间一条是古道，笔直通向山顶，坡度很大，台阶已被风化殆尽。为安全起见，管理方将这条道路封闭。左边一条道路是象道，游客可坐在象背上通过这段路程。右边正是游客上山的步道。沿盘山道走不多久，在右边有一个小小的景观台，可以透过密林的缝隙看到一座塔殿，那是巴色占空寺（Baksei Chamkrong），建于10世纪初，是那个年代唯一存留下来的金字塔形寺庙。

再往上走一段路，西北方向又有一个景观台，这里的标牌示意前方为西池。西池不是游览热点，但它是吴哥地区最大的人工水库，长8000米、宽2200米，可蓄水约6500万立方米。西池工程宏大，先后由两个国王接力建设才算完工。

　　巴肯山的山顶被古人平整出一块长200米、宽100米的台地，上面建造了一座有5层梯台的寺庙，这就是巴肯寺。寺庙入口，湿婆的座驾神牛南迪正伏地恭候，可知巴肯寺是祭祀湿婆的庙宇。这头神牛石雕比神牛寺的南迪保存完好得多，甚至不乏精致的细节。

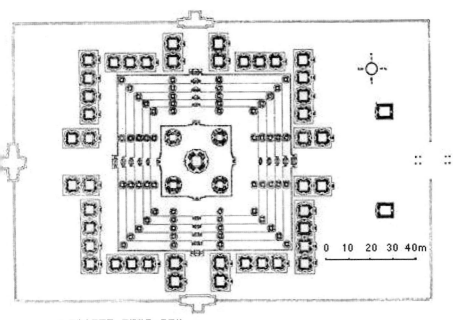

△ 巴肯寺平面图，石塔数量一目了然

△ 巴肯山日落是旅行大热门，一定要提前上山

　　巴肯寺的主要特点是石塔密匝如林。除去中央塔殿，共有108座塔严格按照几何对称原则排列。每层梯台上有12座小塔（每层4个角各有1座，在每层4个方向上的阶梯两侧各有1座），在寺庙底座的四周围绕着44座小塔，顶层平台上还有4座小塔围绕着中央塔殿，排列成经典的梅花阵形。这种风格显然传承了爪哇婆罗浮屠的样式。可惜现在所有石塔均有不同程度的损坏，很多已经完全坍塌，只剩下孤零零的林迦。

　　法国人让·菲利奥扎（Jean Filliozat）是知名的印度学专家，对印度教中的宇宙观和天文学颇有研究。他认为巴肯山众多石塔的排列方式有其特定的象征意义，并给出了如下解释：中央塔殿代表着世界之轴；108座小塔代表月亮的4个周期。一个完整的恒星月为27天，乘以4（新月、上弦月、下弦月、满月）正好108天，也可表示一个完整的世界。巴肯山有5层梯台，算上地面一层和顶层的中央塔殿，共有7层，这代表了神话里的7层宇宙；每一面台阶旁边有12座小塔，这代表了木星的公转周期为12年（精确的周期是11.86年）。另一位芝加哥大学的学者干脆声称，巴肯山就是用石头铸就的历法。除了顶层的5座以梅花阵形排列的塔殿，剩下的104座石塔十分精确地对称排列。如果站在巴肯寺的中轴线上，则从4个方向均能看到33座石塔，而在须弥山上也正好住着33位大神。

元代的旅行家汪大渊在《岛夷志略》"真腊"词条中这样写道："外名百塔州，作为金浮屠百座。"可见当时巴肯寺石塔全部包金或者包铜。100多座塔金光闪闪，蔚为壮观。巴肯寺大约在9世纪末建成，汪大渊在14世纪抵达吴哥，对当时的高棉人而言，巴肯寺也算是古代建筑了，他们对其维护有加，所以汪大渊看到的巴肯寺还熠熠闪光。

第二部分
Part two

小圈迷城

吴哥王朝的宏大都城，
奇特的塔普伦寺，号称"吴哥名片"的巴戎寺

第四章

—— Chapter four ——

皇家气象

恢宏通王城

前文多次提到的一位古人周达观是温州永嘉县人，1296年奉元成宗铁穆耳之命出使真腊。其实周达观有可能根本就没见过元朝皇帝，当年前往真腊的中国使团从温州港出发，他应该是使团招募的当地随员，并非正式外交代表。周达观在吴哥居住一年有余，直至1297年返回中国，并根据在吴哥的亲身体验写成《真腊风土记》。此书分门别类地对真腊国的政治、地理、风土人情做了详细描述，成为当今存世的唯一一部记录吴哥王朝的文献。

吴哥王朝有如此高度的文明，为什么没有记载自己的史书呢？根据《真腊风土记》所述，古高棉人将麂皮染黑为纸，用白垩制成粉笔写字，或者以棕榈树叶为原料生产纸张。不幸的是，高棉湿热的环境使这些纸张极易腐烂，以致如今柬埔寨没有关于吴哥王朝的只言片语。

1296年3月24日，周达观从温州出发。他沿着福建海岸航行，通过台湾海峡再穿越南海，在占城登陆。占城古国，亦称占婆，大约在今越南归仁附近。占城是真腊的死敌，双方冲突不断，与占城战争的胜负直接影响吴哥王朝的兴衰。

真腊位于中南半岛核心区和暹罗湾边，由于季风影响，周达观使队不得不等到当年8月才继续前行。使团在离现在胡志明市很近的地方驶入湄公河，溯河北上，进入洞里萨河，航行一段路程后换成小舟入洞里萨湖（古称淡洋），最后在湖北岸登陆，到达吴哥。登岸后，中国使团直奔都城。于是周达观在《真腊风土记》第一章就详细描绘了他所见到的吴哥都城的情形，这就是我们要参观的吴哥通王城（Angkor Thom）。让我们透过周达观的眼睛，想象自己也是初到真腊的"唐人"，进入宏伟的王城，一起看看无与伦比的吴哥。

通王城意为"大城市"。"大"到什么程度呢?通王城占地约10平方千米。它始建于9世纪末耶输跋摩一世执政时，此后，真腊的都城从罗洛斯迁到吴哥，基本稳定下来，直到吴哥王朝灭亡后被放弃。通王城几毁几建，我们现在看到的遗址是阇耶跋摩七世在13世纪初建成的。周达观13世纪末见到的吴哥都城在形制上应该差不多，当时吴哥王朝已经从阇耶跋摩七世时代的顶峰时期开始转向衰落，但仍处于繁荣强盛时期。

通王城的正中是巴戎寺，代表宇宙的中心——众神的居所须弥山；城墙7米高、4米厚，象征着连绵的喜马拉雅山脉；护城河则模拟了海洋。通王城坐落在辽阔的平原上，因此古高棉人不必克服地形上的限制，得以自由地按照宇宙的结构建设具备几何美感的特大城市。

遗憾的是，目前除了带有宗教性和帝国威严的石质建筑，其他木质建筑都无一幸存，也没有文献记载，因此我们并不知道当年的官府、集市、民居等如何规划。除了旅游景点和道路，通王城其他区域现在都被郁郁葱葱的森林覆盖了。

通王城南门

通王城大体呈正方形，周长约12千米，城外环绕着一条宽100米的护城河。城池有5座大门，北、西、南三面各1座，东面有2座城门。从暹粒市区到吴哥遗址，南门是进入核心景点的必经之路，也是大部分游客初次感受吴哥文明的地方。管理部门花费大量资金修整南门，因此这里也是5座大门之中最完好的一座，值得仔细游览。

护城河上有一座宽达15米的石桥，两边站立着54尊2米多高的石制神像。站在王城外正对着城门，右侧是27尊阿修罗像，他们双眼圆睁，怒气冲冲；左侧是27尊提婆像，表情安详。这些石雕都"甚巨而狞"，双手抱住一条粗大的巨蛇，"有不容其走逸之势"。在这里我们又一次遇见了"54"这个印度文化中的重要数字，它是108（完整宇宙）的一半，可能代表半个世界（相对于天堂的人间）或某一个时代的世界（当今人类正处的铁器时代）。

这个场景正是吴哥寺浅浮雕回廊中重点介绍的"搅拌乳海"。印度教的创世神话放在大门入口，似乎预示了这座大桥是世界的起点与神界和人间的纽带。从全国各地前来的朝圣者将借助这座桥抵达神界在人间的投影——通王城。

南门仍然是阇耶跋摩七世时代的风格，城门上是四面佛，其

▽ 左边是天神提婆，右边是恶鬼阿修罗，门楼上是四面佛，门洞两边有三首大象

中朝北、朝南的两个石像较小，拱卫着中间较高大的佛头。我们现在看到的只是光秃秃的石头，但根据周达观的描写，当年中间的佛头包裹着一层金箔，远远望去金光灿灿。在大门两旁各有一座三首石象雕塑，象身同城墙融为一体，3根象鼻垂到地面，做卷起莲花之态。这头象叫爱罗婆多（Airavata），是搅拌乳海过程中的副产品之一。因陀罗（在中国佛经中称为"帝释天"）作为天神提婆们的首领，将爱罗婆多收编为自己的坐骑。

巴方寺

巴方寺（Baphuon）位于巴戎寺西北方，建成于1060年，比建于13世纪初的巴戎寺早了近150年。别看现在巴方寺的名气和规模远远不如后来者，在当年它可是吴哥王朝的国庙，占据着吴哥第二王城的中心。吴哥都城曾几经变化，到阇耶跋摩七世时代形成我们现在看到的模样。阇耶跋摩七世另起炉灶创造出崭新风格的巴戎寺，后者便取代了巴方寺成为通王城的几何中心，整个城市也因此向东南移动了一点，成为第三王城。

走近巴方寺，首先看到的是一条长约200米、由数百根立柱组成的架空参道。立柱高约2米，4根一排，上面铺着石板，从巴方寺的东塔门笔直地延伸到主体庙山。现在是柬埔寨的旱季，参

△ 巴方寺中央塔殿损毁十分严重，反而是一层平台上的门楼保存较为完好，架空参道穿门楼而过

道突兀地立在地面之上，等到了雨季，地面积水，参道就成了一道桥梁。更妙的是，参道的高度只比水面略高一点，看上去如同漂浮在水面上的彩虹。吴哥国王就是踏着这条参道，穿越"大洋"直抵"圣山"，仿佛借助神力在水面上行走。

　　巴方寺也是一座金字塔形结构的庙山，在大分类上同巴空寺、东湄本寺和比粒寺一致，因此很容易觉得这几个寺庙颇为雷同。但是除了引入架空参道，巴方寺在主体结构上亦有重大创新——第一次在庙山上增加了完整的回廊结构。这集中了金字塔形和平底式寺庙的优点，并为后世集吴哥建筑艺术之精华的吴哥寺打下

△ 反映打猎场景的古朴浮雕

了基础。

在巴方寺第一层平台的回廊上，可以见到一些反映民众日常生活的浅浮雕，有打猎、捕鱼、格斗等场景。浮雕的艺术水准并不算高，甚至还有些拙朴，但是考古专家对这组画面有着浓厚的兴趣。在之前的浮雕作品里，主角不是神明就是传说中的英雄，内容也都是宗教故事；而这是吴哥众多寺庙中第一次出现了凡人的身影，专家可以通过浮雕了解当时人们的生活状态。随着梯台一层层升高，平台上的浮雕又变成了传统样式。

巴方寺曾经损毁严重，中央塔殿和回廊等建筑都坍塌了。1954年，法国远东学院组织力量开始对巴方寺进行全面维修。当时法国人采取的是由实践证明行之有效的"原物归位法"，首先将所有石块编号，记录下准确的位置和彼此的对应关系；然后维修人员把石块拆下来清理后，再按顺序还原，相当于用原来的建筑材料重新搭建一次巴方寺。有些建筑的承载结构遭到破坏，石块散落一地，不知原先的位置，维修人员就将这些材料堆在原地不动。

这是一项浩大精密的工程，所以巴方寺的重建进展缓慢。石头有的是时间，相应地，人类也应该有足够的耐性。巴方寺重建工程不仅是为了保护古迹，还同时承担了培养柬埔寨本地古迹修复人才的重任。吴哥遗迹有600多座寺庙，带编号的古迹900多个，仅凭远东学院和世界上其他国家或组织的专家，难以妥善管理好如此庞大的遗址。所以柬埔寨人自己管理、维护、开发吴哥才是长远之计。

可惜20世纪中后期，柬埔寨陷入动荡。20世纪90年代末，新一代国际专家回到巴方寺时，面对的是世界上最大的三维立体"拼图"。虽然石块上的编号还可勉强辨认，但对彼此的位置关系毫无头绪。这么艰苦工作

▽ 堆在巴方寺外的石头，很可能它们将永远待在这里，回不到原位

了近20年，如今巴方寺维修工程总算大致完工了。为什么说"大致"呢？因为不论专家如何努力，还是有很多石块缺失，同样也有很多还原不了。

除了以上缺陷，巴方寺修复还有一个让很多人

诟病的地方，那就是法国人早期使用了大量钢筋混凝土，改变了古迹的原始材料和形制。有批评者认为，这破坏了古迹的真实性和艺术性。面对质疑，工程负责人格洛利埃反驳道："这些重建工程的决定与设计，其最终目的只有一个，就是挽救古迹。这种外科手术式的保护与修复方式，只用在最重要的部位，留下疤痕是难免的。"

虽然巴方寺维修工程最终没有让所有人满意，但还是要感谢维修人员大半个世纪的努力和付出，感谢他们为人类文明传承做出了不可磨灭的贡献。争议在实践过程中不可避免，排除非议的唯一办法是什么也不做，但这对吴哥遗迹不是另一种破坏吗？

蛇精出没王宫

《真腊风土记》记载，王宫中有一座金塔。当地人说里面住着一个九头女身蛇精，国王每天晚上都要独自上去与之交媾，良久才出，其余任何人不得进入。如果蛇精当晚没有出现，则国王死期不远；如果国王偷懒没去，则国家必遭灾祸。这座让蛇精和国王进行亲密交流的建筑就是空中宫殿（Phimeanakas）。它是一座金字塔形的庙山建筑，一共有3层红土岩堆积的平台，在最上面一层有回廊和塔殿。这样的传说将国王"神秘化"和"神圣化"了，

△ 空中宫殿

将其包装成半人半神 —— 既是人间的王，也是沟通人间和神界的纽带，死后则回归神界。在空中宫殿这样直接与神灵交流的地方，自然不允许闲杂人等进入。这个传说还有一处值得注意的地方，即女性在王权正统中的特殊作用。无论是周达观的记载，抑或柬埔寨的民间传说，吴哥妇女的地位都相当高，影响力不局限于宫廷政权，而且延伸到普通家庭。

　　考古学家认为空中宫殿可能在10世纪中晚期，阇耶跋摩五世（Jayavarman V）统治时期曾短暂做过吴哥王朝的国庙。他后来计划修建更壮观的茶胶寺，可惜种种原因没有完工。当11世纪巴方寺建成后，空中宫殿便丧失了国庙地位，又由于它坐落在吴哥王朝的王宫内，从此便成为禁地，也许就在那时出现了蛇精传说。

吴哥王宫的遗迹长约600米、南北宽约300米。当时王宫的主要建筑都是木质材料，现在已经荡然无存，只能勉强找到浴池的痕迹。男女浴池分开设置，且女池比男池大得多，这是不是间接反映了王宫里男女数量的比例关系呢?周达观描述了王宫的大致轮廓："其正室之瓦以铅为之，余皆土瓦。黄色桥柱甚巨，皆雕画佛形。屋头壮观，修廊复道，突兀参差，稍有规模。"

所谓"铅瓦"是普通瓦片上包裹了一层锡箔。除了正殿，其他房屋都是不加修饰的土瓦。王宫尚且如此，王公大臣的府邸，除了家庙和主室准许覆瓦，一般房屋只能用茅草顶；而普通百姓家更是片瓦不得上屋。

2018年1月，中国与柬政府签署协议，将援助修复包括空中宫殿在内的王宫遗址。这将是我国在吴哥遗址中的第三个修复项目。我十分期待工程完工后（工期一般为10年左右）再次来到吴哥，看看王宫将焕发怎样的新貌。

战象平台

离开空中宫殿朝正东走，通过一道门楼离开王宫，来到面向公众的战象平台（Elephant Terrace）。象台在12世纪末由阇耶跋

△ 战象平台上传神的战象石雕

摩七世建造，长350米、高4米，气势恢宏，有保存完整的浮雕群，是当年国王检阅部队、观看庆典的皇家观景台。

王宫东门楼直接同战象平台连接。王宫旧址里绿树成荫，视野局促，而战象平台前方却是一方巨大的广场，相当开阔。平台正面台阶处有三头象爱罗婆多石雕，与通王城南门类似。这组三头象保存较好，细节丰富，象鼻采摘莲花的造型十分传神，还可以清晰地看到象头上戴着王冠。

在神象中间有一面刻满各种天神形象的浮雕墙，下部是一个

△ 战象平台就是国王的观礼台

只有头没有身体的阿修罗，名曰罗睺（Rahu）。他是吴哥遗迹中比较常见的元素。在创世神话"搅拌乳海"中，毗湿奴化装成美女从阿修罗手里骗来永生甘露后，天神们开怀畅饮。罗睺比较精明，不动声色混进天神队伍中，准备偷喝。不料，日神和月神看穿了罗睺的诡计，及时向毗湿奴汇报，大神当即法力全开，一下子就把罗睺的头砍下来了。罗睺喝下的永生甘露正好到了咽喉，于是虽然身首异处，头颅仍然得以永生，他的身体变成了不祥的彗星。罗睺对日神和月神恨之入骨，总是追杀他们，偶尔捉住后，就一口吞下太阳或月亮，但是他没有身体，因此日月被吞噬后，过段时间又会从喉咙管里出来，然后继续逃跑。这就是日食和月食的神话解释。

战象平台除了有象形雕饰，实际功能之一还是国王的阅兵台。在冷兵器时代，大象可谓攻防俱佳的武器，就是"活体坦克"。帝国大军出征时，大象就立于象台之下，国王直接登上象座，骑着战象检阅自己的军队。随后大军沿着正对着象台的胜利大道向东出城，奔赴前线。

战象平台除了有精彩的大象半圆雕和浮雕，平台外墙还有一圈比人还高的迦楼罗和狮面人身辛玛（Singha）的浮雕。它们间隔排列，高举上臂，双手牢牢抓着那伽蛇神的尾巴，顶住平台上缘，将蛇头踩在脚下。远远看去，仿佛是这些浮雕将整个平台支撑起来的，颇具气势。

偷瓜的国王

周达观1296年到达真腊，当时吴哥王朝的国王是刚刚继位不到1年的因陀罗跋摩三世，他原本统领王家亲卫队，也是先王阇耶跋摩八世的女婿。老国王死后，公主将"金剑"盗出，于是这个控制禁军的将军立刻造反，夺得王位。老国王的王子们也曾图谋起兵反攻，但筹划不密，被因陀罗跋摩三世发觉后砍下脚趾头囚禁。

这段情节同流传于东南亚国家的传说"偷瓜国王"颇有异曲同工之妙。传说有个园丁特别会种瓜，国王尝过后赞不绝口，遂宣布此瓜为特供水果，命令园丁杀死所有潜入瓜园的偷瓜者。一天夜里，国王又馋虫蠕动，急不可耐地冲到瓜田里自己动手摘瓜。黑暗中园丁不知这个偷瓜者就是国王，一耙子把他钉出几个窟窿。随后园丁索性一不做二不休，迎娶了公主，鸠占鹊巢自立为王了。

近年的研究表明，阇耶跋摩八世可能是被迫逊位给自己的女婿。大概因陀罗跋摩三世的王位有不足为外人道的秘密，他必须穿着"圣铁"铠甲才敢出门。按明代一学者的考证，"圣铁"乃"人脑骨"，"刀矢不能入"。

周达观在吴哥的一年时间里，曾见过新王出巡四五次。卫队走在最前方开路，护旗队和鼓乐队紧随其后。然后有三五百个宫女穿花衣梳花髻，手执点燃的巨大蜡烛，自成一队。后面又有宫女拿着金银器皿和饰有花纹的物品，接着还有女兵持标枪、盾牌护卫。之后是以黄金装饰的羊车、马车，王公大臣们都骑着大象走在前面，后面的内宫妃嫔或乘车坐轿，或骑马骑象。紧接着的才是坐在巨象上的国王，他手持宝剑，象牙套着黄金，周围簇拥着20余柄嵌金色的白伞与大象，最后是全副武装的军队护卫整支出行队伍。

柬埔寨天气炎热，因此古高棉人的穿着十分简单，仅有国王可以用华丽精美的进口花布。除此之外，国王还头戴一顶金王冠，与天神提婆的头冠类似。王冠又大又重，于是国王有时候会用茉莉之类的花朵穿成一串，绕在发髻上，上面再顶着一颗硕大的珍珠。

除了头饰，国王还佩戴有黄金镯子和镶嵌猫眼石的指环。他的手掌和脚掌特意用植物汁液染成红色，这在民间妇女中也很流行，不过其他男人不得如此，这只能是国王的特权。如今在柬埔寨已经看不到红手红脚，但在信仰印度教的国家还流行着。

国王所达之处，围观者必须当即跪地，呈顶礼膜拜状，否则要被关进大牢。跟所有中央集权的国家一样，帝王被抬高到至高无上的地位，对此周达观评价："以此观之，则虽蛮貊之邦，未尝不知有君也。"

吴哥王朝等级森严，从宗教到文化无不受到印度的影响，但没有引进种姓制度。虽然宫廷里的婆罗门地位尊贵，大权在握，但国王可以通过外派官员（以王室成员和亲信为主）与地方乡绅结合，统治这个庞大的帝国。

癞王台

既然有生的繁华，必然有死的凋零，即便是以神自称的吴哥国王也有从凡间消失的那天。在风光无限的战象平台北端，有一座稍小的平台几乎紧贴着它，此台名为癞王台（Terrace of the Leper King），其名称由来及功能都还是谜。

有一种说法认为，当年人们在平台上发现了一尊阇耶跋摩七世的石雕，上面覆盖着一层地衣，很像长了癞子的病人，因此就将此台命名为癞王台。还有一种说法称，阇耶跋摩七世得罪了住在空中宫殿的九头蛇精，蛇精大怒之下向其喷出毒液，导致他身患麻风病而死（也有可能是天花）。现在摆在癞王台上的石雕是复制品，原件已被移至位于金边的国家博物馆保存。

从前述可知，"癞王台"是今人起的名字，原名已无从知晓。现代学者大致认同癞王台与比粒寺的功能相同，是吴哥王朝的皇家火葬场，平台上的石雕是死神阎摩的造像。当然也有人认为这

▽ 癞王石像，现藏于金边的国家博物馆

是阇耶跋摩七世和佛陀形象的合体。在吴哥，人体雕塑衣着清凉是常态，但是如这尊石雕般全身赤裸的十分罕见，现代柬埔寨人给这件复制品身上披了一件黄袈裟。更有趣的是，石雕呈明显的男性面孔，但完全没有性征，资料中特别强调了这是一尊"无性雕塑"。

石雕呈爪哇式坐姿，即左腿平贴在地面上，右腿竖立，双手分别放在膝盖上，这是吴哥人的标准坐姿。雕塑四肢圆润，腿短躯干长，从人体比例来看并不严谨，但是由于坐着，在视觉上反而很协调美观。石雕嘴唇微张，露出牙齿，表现出一种很奇妙的微笑，这是极具高棉风格的艺术形式。石雕的右手已经破损，有

▽ 癞王台高6米，分7层，雕刻着妖魔神怪、宫女大臣

专家认定其本应持有一柄权杖，只是已经损坏了，而死神阎摩就是权杖不离手。若缺失的是短剑，则石雕极可能是阇耶跋摩七世，因为在周达观的记录中，国王在正式场合出现都要举起金剑象征王权。

走下战象平台，第一眼看到癞王台时，感受颇为震撼，因为面前是一堵高6米的石墙，上面密密麻麻地雕刻着7层神灵、怪兽和仙女。浮雕中自然也少不了蛇神那伽，与普通的5头、7头或9头那伽不同，这里有多达14个头的那伽。在印度教神话中，善神的头或手臂越多，法力就越大；一旦数量超过了10，就变成了恶神。这里的那伽不是幸运的保护神，而是恶毒的诅咒者，所以这也佐

▽ 内层通道

▽ 浮雕在转角处过渡十分自然，人物造型更加生动

▽ 癞王台局部

证了癞王台是火葬场。

1966年法国远东学院对癞王台进行修复时，发现在其内部还隐藏着另一个平台。于是专家推测这个隐藏平台是早期建筑，大概是坍塌或废弃了，12世纪末人们在其外又新修了一个平台。法国人因地制宜，更改修复方案，设法在内外两层墙壁之间留出一条错综曲折的通道，游客可以同时欣赏两座不同时期平台的浮雕。

十二塔庙断奇案

12座小塔庙（Prasat Suor Prat）位于大广场的东侧，正对着王宫和战象平台，对称分布在胜利大道南北两侧。

十二塔庙虽然破败，但考古学家认为它极具价值。因为这组建筑显然与其他吴哥古迹大相径庭，既不是寺庙，也非纪念物，如果能考证出塔庙的实际功能，就能还原出一些吴哥王朝时期的景象和习俗。

"Prasat Suor Prat"的字面意思是杂技表演的舞台。有人认为当举行盛大节日典礼时，塔与塔之间会系上皮绳，演员手持孔雀羽毛作为平衡工具，就能在上面表演走绳等精彩节目。这种设想倒是挺浪漫，不过没有任何证据。

△ 十二塔庙遗迹

部分专家认为十二塔庙是供部队司令或高级官员的休息场所。这倒是有可能。在大型阅兵开始前，指挥官坐在塔庙里面指挥或休息；当国王在战象平台上检阅时，十二塔庙又可成为阅兵看台。这个猜想逻辑合理，只是仍然没有考古证据支持。

而周达观在《真腊风土记》中记载，十二塔庙是"天狱"，即法院。吴哥百姓遇到纠纷时，通常到国王面前等待决断。原被告双方各出1人进入十二塔庙，不吃不喝静坐数日。如果有人屁股流脓、头上生疮，或者咳嗽、发烧、昏厥，则此方败诉，安然无恙的另一方胜诉。人们相信上天将保佑正义之士，无理之人当然会因身体不适而败退。这种断案方式被称为"神判"。几乎所有古代社会都有这种司法模式，实现了一定程度上的"程序正义"，并得到全民认可，因此能够和平解决纠纷，避免暴力冲突。

仓库和圣皮度寺

在十二塔庙背后，有一南一北两座长条形建筑，同塔殿排列方向平行，也是以胜利大道为轴线对称分布，它们被称为仓库（The Kleang）。现在普遍认为这是接待外国使团或贵宾的场所，也许周达观一行刚到吴哥通王城的时候，就是在这里递交国书。南北仓库乍看一模一样，其实它们是不同时代的产物。北库的建

△ 安静的遗迹，这才是我梦想中的气氛

筑材料是红土岩，南库是砂岩，雕塑风格也有所区别。

离开仓库往外走时，我们发现丛林里隐约露出石质建筑的残迹，只能踏着杂草枯藤缓缓前进，脚下完全没有路。这里离人流如织的主干道不足200米，却仿佛进入另一个世界，四周安静得只有脚踩在落叶上发出的沙沙声。

在离遗迹还有二三十米时，突然出现一个向下的小陡坡。坡下的地面上覆盖着一层落叶，走上去却让人叫苦不迭，下边竟是个泥潭。好不容易走到对岸，我翻开地图才知道眼前的建筑是圣皮度寺（Preah Pithu），泥潭其实是寺庙的护城河。现在是旱季，池水干涸，但池底仍保持湿润，还好没有深坑，否则陷进去可就危险了。

圣皮度寺在通王城那些大名鼎鼎且数量众多的景点面前就是无名之辈，极少有人到这里来参观。因此从旅游的角度，这里并不值得流连。然而正因为游人罕至，偌大的地方只有我们两个人徘徊，反而凸显幽静苍凉，让我找回了酝酿已久，却在滚滚人潮中无法宣泄的思古幽情和一丝文艺青年都喜欢的唯我情调。我的脑海中突然响起电影《天空之城》的主题曲，就像希达和巴鲁来到天空之城"拉普达"时，我似乎听到久石让的空灵曲调和动人旋律奏响，宛若来到废弃已久的无人天堂。

严格说来，圣皮度寺是一个寺庙群，大大小小共5座建筑，在地图上分别标注为T、U、X、V、Y。它们都建于不同时期，因此整个寺庙的规划布局呈不规则状，丝毫没有吴哥标准寺庙严整规范的格局。它们甚至根本不属于同一个宗教，X是佛教建筑，其他4座则是印度教寺庙。

我们首先参观寺庙U。这是一座很小的十字形庙堂，建筑本身平平无奇，不过门楣上装饰着卡拉浮雕。卡拉（Kala）与前文提到的有头无身的罗睺形象相似。传说卡拉饥饿难耐，请求湿婆赐下一个活人以饱口腹，湿婆大怒，说了句狠话："活人没有，你真饿就把自己吃了吧。"哪知卡拉真把自己的身体吃了，只有头留下来了。有观点认为，中国古代神兽饕餮就是卡拉的变形。

卡拉作为浮雕作品中经常出现的元素，一般装饰在神庙门楣的正中。张开的大嘴伸出舌头，一副吓人的模样，震慑企图闯入神殿的恶灵。奇怪的是，卡拉虽然没有身体，却有胳膊和手，有时手中还拿着花环。

我们接着来到寺庙T。刚一进院落，就发现一块方石上站着一双断脚。石头上覆盖着一层黄绿色的青苔，脚背十分斑驳。这是阿普萨拉仙女的纤纤玉足吗?这双脚无法移动，永远留在当初它诞生的废墟里。

此时一看手表，已是下午2点了。尽管我十分流连这个寂寂无闻却氛围极佳的圣皮度寺，也不得不离开。但在此前的1个小时，

▽ 不知道这双脚的主人是阿普萨拉还是菩萨

第四章　皇家气象

我曾独占这里，感受到原始的吴哥。无论是大寺还是小庙，都能给人惊喜，这就是整个吴哥遗址的最大魅力所在吧。

中国人的样板工程

　　沿着古代吴哥大军出征的胜利大道向东，很快就到了通王城东门，胜利之门。照理说东门是正门，其政治地位比南门重要得

▽ 周萨神庙修复后的效果图
（引自《中国文化遗产》2004年第3期《中国政府援助柬埔寨吴哥古迹周萨神庙保护工程》）

多，但由于东门在小圈的旅游路线上处于次要地位，所以没能得到重点维修，不免有些残破。东门的形制和南门一样，护城河的雕塑也是两排天神和阿修罗在搅拌乳海，只是几乎所有雕像的人头都被盗取破坏了。

东门外大概500米处，道路左右两边各有一座大小、形制几乎一样的寺庙，南面的便是中国工作队负责修复的周萨神庙（Chau Say Tevoda）。

周萨神庙修复工程是我国第一个文物保护无偿援外项目。1998年，中国吴哥古迹保护工作队首次进入遗址，开始前期准备

▽ 周萨神庙修复后的实景

工作。工程于2000年动工，2007年竣工。周萨神庙共有7座主体建筑（东、南、西、北4座门楼，中央塔殿，南、北藏经阁）和4座附属建筑（架高参道、十字平台、蓄水池、神道）。中国工作队接手时，其中8座建筑全部或部分坍塌，基座也严重变形，另有保存较完好的砂岩构件4000余件，散布周边。

　　周萨神庙维修的基本原则是抢险加固、遗址保护、重点修复，具体到单个建筑，就是要决定到底采用原状修整还是重点修复。原状修整是指在保持古建筑结构的前提下进行修补，把错位、坍塌和歪斜的结构恢复到原先状态；重点修复则是把建筑部分或全部解体，允许用适量的新构件替代丢失的部分，就像给古建筑做一次手术。中国工作队根据周萨神庙建筑的不同损坏情况，灵活运用上述两种指导思想，并有所创新，即在修复建筑基础隐蔽部位时，除基本修补外，另增加三合土垫层以弥补基础的薄弱。

　　关于新构件的使用也有争议。现在的普遍观点是允许使用新构件，但要与原建筑使用相同的材质，同时必须坚持新构件的可恢复性，严禁用水泥等一次性材料将新旧构件粘在一起。新构件做好后，是否需要做旧或者雕刻呢？这又是一个争论点。比如印度尼西亚修复王宫东门时，对新构件就没有做细部处理，他们的理由是，人们可以一眼辨别出哪里是新补的构件，隐藏新构件是欺骗游客，也是欺骗自己。另一派则认为古迹维修要兼顾保护和艺术。修复出一座美感缺失的建筑是失败的，因此有必要在新构件上模仿原建筑的纹饰进行雕刻，法国人修复的巴方寺和日本人修复的巴戎寺、北藏经阁是这派的代表。

目前尚未找到关于周萨神庙的文字记录，神庙内也没有发现碑铭，所以有关神庙的建筑年代、建造者和建造目的都不得而知。有现代学者根据周萨神庙的建筑风格和平面布局，推测其建造于12世纪上半叶苏耶跋摩二世统治时期。

虽然周萨神庙是典型的平地式寺庙，但吴哥工匠还是模拟了须弥山，利用高度差来呈现中央塔殿的神圣。从暹粒河起始的通道高程最低，然后沿着通道向西走上十字平台，再通过架高参道进入主殿，地势依次升高，最后中央塔殿傲立于平地之上，使小小的周萨神庙也尽显雄伟。

托玛侬神庙

周萨神庙正对面就是托玛侬神庙（Thommanon），它们看起来像是一对姊妹庙。其实二者并非同时建设，托玛侬神庙大概要早几十年，将两庙对称隔开的胜利大道建于更晚近的时间。托玛侬神庙和周萨神庙一样，都是印度教寺庙，专家普遍认为它们在建筑上的探索为吴哥寺这样的经典打下了基础，是吴哥寺的前身。托玛侬神庙的保存状况要好于周萨神庙，因为它的上层结构采用

△ 托玛侬神庙虽然小巧，但形制完整，一点也不打折扣

△ 蒂娃妲的特征是腰缠桑博，一般出现在大门两侧

石质，不同于周萨神庙的木质大梁，可以抵御近千年的风雨。

托玛侬神庙建筑小巧，排列也很紧凑。该庙的特点是在中央殿堂和东塔楼之间，还有一座拜殿将这两者连接起来，这是之前平地式寺庙没有的设计。大众显然很喜欢这种创新，后来的寺庙干脆在东南西北四个方向都增加了拜殿，寺庙结构也越来越复杂，直至最后的集大成者——吴哥寺。

托玛侬神庙还有一个看点是精美的蒂娃妲（Devata）浮雕，从拼写就知道他（她）同提婆（Deva）有关联。蒂娃妲是专属于某一地域（比如森林、村庄、洞穴、高山）的天神，既有男性亦有女性，不过在吴哥遗址的雕刻里，几乎都是以女性形象出镜。

蒂娃妲女神头戴花冠，腰缠桑博（sampot，一种柬式短裙），还佩戴着项链、臂环、腰带、脚铃。女神的手势也很迷人，她的食指和小指伸开，中指、无名指和拇指弯曲贴在一起，这是印度教和佛教中常见的期克手印（Tarjani-Mudrā），代表驱魔，或者消除疾病、负面情绪等障碍。

王朝的烂尾楼

茶胶寺（Ta Keo）的字面意思是"古老的珍宝"，不过这是后世柬埔寨人对该寺庙的称呼，并非古时的正式名称。通过对

▽ 中国工作队正在茶胶寺进行维修

寺庙中的古高棉文碑刻（编号K277）进行考察，专家最终破解出"Hemadringagiri"和"Hemagiri"两个词，前者意为"金角山"（Mountain of the Golden Horn），后者意为"金山"（Mountain of Gold）。也就是说，"金山寺"才是茶胶寺在古代的正式名称。

远观茶胶寺，脚手架林立，起重臂来回挥舞，原来是中国工作队正在进行修复工作。从东门进入，一北一南两座藏经阁被脚手架团团围住，北藏经阁几乎被夷为平地，南藏经阁也仅剩下一半，可见此处的修复是运用的"原物重建法"。

在底层回廊的转角处，5个当地工人正趴在屋顶上砌石块，1台起重机不时将已经拆下的石块吊到回廊上。这里的气氛跟国内常见的那种热火朝天、乒乒乓乓的建筑工地不同，工人都不紧不慢的。本书完稿时，茶胶寺修复工程已经顺利竣工验收。

其实茶胶寺原本也是半成品，并没有完工。它没完成不是因为施工难度大或者预算不够，而是主持建造者阇耶跋摩五世突然去世。阇耶跋摩五世是早期吴哥王朝最后一位有作为的君主，他以宗教宽容而著称。在其执政的968年至1001年，吴哥的国教是印度教，但大乘佛教也有所发展。阇耶跋摩五世努力使两种宗教能够和平共处。

阇耶跋摩五世还注重学术研究。印度教和佛教都讲究哲学思辨，教内又有诸多派别，阇耶跋摩五世则允许学者自由发表意见，不压制、不迫害，有能力的女性也在阇耶跋摩五世统治时期施展

△ 茶胶寺裸露的塔殿外壁，不是浮雕剥落，而是压根儿就没有浮雕

才华。可惜阇耶跋摩五世最终没能目睹茶胶寺落成，随后继位的优陀耶迭多跋摩一世（Udayadityavarman I）在位仅数月就暴毙身亡。新国王苏耶跋摩一世上台的手段不太光明，由于他在血统上不是先前王室的嫡传，所以他的王朝被称为第二吴哥时期，这是吴哥历史的新起点。

茶胶寺的命运就这样被决定了，篡位的新国王怎么可能会续建前朝的工程呢?K277碑铭记载:"举行了一次赎罪仪式，并以□头大象购买石头，以完成塔殿的建设。"关键内容在最后6行，指出该寺在修建期间曾遭受过雷击。尽管人们举行了赎罪仪式来化解凶兆，但君主还是对被命运之神打下不祥烙印的神庙失去了兴趣，这也是茶胶寺始终处于石坯状态的官方解释。多数吴哥寺庙的建筑装饰繁复精致，茶胶寺质朴单纯的风格反而脱颖而出。这里的石头充满力量感，使整个建筑群看上去破而不败。

茶胶寺是第一座完全用砂岩建造的寺庙。它继承了吴哥早期巴空寺建筑风格，又有创新，已经初具吴哥寺的形制。5座塔殿呈梅花状分布在第三层平台上，回廊的设计也趋于完善。前文提到的比粒寺第一次出现了零散的长条形建筑围绕着平台，而茶胶寺将这些长条形建筑连在一起，形成完整的回廊，这是吴哥建筑的一次重大革新。茶胶寺的回廊特点在于廊窗只朝内开，外侧为饰有窗棂的盲窗。

茶胶寺未完成虽然不免遗憾，但反而让现代考古学家知晓吴哥寺庙的建造工艺。比如精美的浮雕是在砌好结构的石头上直接雕刻，而不是先雕刻完毕再组装。在吴哥寺回廊的浮雕上，游客可以看到不少大大小小的矩形空洞。现在有观点认为，这些洞原本是不小心雕错的部分，解决办法就是挖下来"打补丁"，然后把修改后的石块塞回去。日久天长，"补丁"松动，最后掉落。

△ 沐浴在夕阳中的豆蔻寺

豆蔻寺

豆蔻寺的梵文名称现已不可考，"Kravan"是后人起的名字，于是就翻译成了豆蔻寺。该寺的建筑材料是后来废弃不用的红砖，纪念的不是豆蔻年华的少女，而是变幻莫测又无所不在的毗湿奴及其妻子吉祥天女。

豆蔻寺是吴哥早期寺庙，建成于921年，曷利沙跋摩一世（Harshavarman I）在位时期。此时国王允许贵族出资修建寺庙，因此建筑数量急剧增多。由于不是王室工程，豆蔻寺采用较为廉价的红砖为主材，只在门楣、门框、门柱使用砂岩。砖与砖之间使用棕糖、灰和树液混合的植物黏合剂，接缝比神牛寺、罗莱寺更为细腻。

20世纪60年代，法国人修复了豆蔻寺的一部分。当时他们使用新砖修补部分损毁的墙壁以恢复建筑原貌，为表区别，所有新砖都标记了"CA"（Conservation Angkor）字样，意为"吴哥保护"。

豆蔻寺是吴哥地区唯一一座在中央塔殿内刻有浮雕的寺庙，而且大型砖雕十分精美，是参观的重点。塔殿内部空间很小，左、中、右三面墙壁上都雕刻着巨型毗湿奴浮雕，尤其是左边一幅，描绘了毗湿奴3步跨越宇宙的英姿。

毗湿奴善于化身为不同形象出现，比如鱼、龟、猪、狮子、马等动物，也能化身为人物，《罗摩衍那》的主人公罗摩就是其中之一。除了罗摩、黑天，他还可以化身为侏儒筏摩那（Vamana）。

当时大魔王巴利（Bali）统治宇宙，天神们法力有限，难以匹敌，只好请外援帮忙。有一天筏摩那来拜见巴利王，请求他赐予自己一小块土地以糊口。筏摩那要求不高，很有节制地只要自己走3步所覆盖的范围。看着这个可怜的侏儒，巴利放松了警惕，同意了筏摩那的请求。哪知筏摩那衣服一掀，变成了顶天立地的巨人，第一步就从天界跨越到地界，第二步从地界跨越到冥界。这下子巴利王傻眼了，第三步还没走，宇宙就全归筏摩那了。巴利

△ 横跨三界的毗湿奴砖雕

自知技不如人，只好屈膝下跪，于是筏摩那将脚踏在巴利头上，算作第三步。看到巴利认罪态度较好，筏摩那也没为难他，将他招安在冥界得以永生，跟天神们划清了界限。

回到砖雕。毗湿奴的4条手臂各拿着1件法器（螺贝、神轮、神杵、莲花），左脚踏在地上，右脚举起做跨步状，颇具动感。正面墙壁上刻着八臂毗湿奴，周围是密密麻麻修行的小人。这种八臂毗湿奴并不多见。右墙是毗湿奴骑在迦楼罗身上。这幅作品属于毗湿奴的标准像，面目磨损比较厉害。

豆蔻寺另一处重要浮雕在最北面的塔殿内，是毗湿奴的妻子吉祥天女的形象。这幅四臂女神也拿着4样宝贝，其中有毗湿奴的日轮和湿婆的三叉戟。

第五章
————— Chapter Five —————

塔普伦寺的文艺范

给母亲的礼物

如果问吴哥遗迹中最具备文艺范的地方是哪里，塔普伦寺
（Ta Prohm）大概是很多人的答案。

这座平地式寺庙同圣剑寺一样，也是阇耶跋摩七世为纪念双
亲建造的，是同类型寺庙的巅峰之作。献给父亲的圣剑寺经修复
后，大气华贵，尽显王者风范；而献给母亲的塔普伦寺则更柔美
宽和。

塔普伦寺的全球知名度，很大程度上归功于2001年上映的好
莱坞大片《古墓丽影》。性感女神劳拉孤身一人在塔普伦寺飞檐走
壁，在神秘小女孩的帮助下，顺利找到存放上古宝物的地窖入口。
塔普伦寺同圣剑寺类似，除了是大型寺庙，也是一座佛教大学和
为宗教服务的城镇。据出土的石碑记载，国王将3140个村庄，共

79 365人拨给塔普伦寺，专供太后（阇耶跋摩七世的生母）作庙宇差役。庙里有18位高僧、2740位主祭司、2202位侍僧和650位舞者。装饰品包括：金片和银片，各重11 000多磅；35颗钻石；40 620颗珠子；4500颗其他珍贵的宝石；等等。每天的佛供需要大量的奶酪、牛奶、米油及其他食物，每逢斋期还得额外增加。这些数据真实反映了当年塔普伦寺的盛况及其重要地位。

大自然也是艺术家

塔普伦寺于12世纪末竣工，15世纪被遗弃，当人类的踪迹从这里消失后，大自然顺利接手，继续雕琢这座美丽的寺庙。据统计，目前塔普伦寺内有古树150余棵，细分下来，属于30多个品种。自然艺术家用顽强的生命力改造了塔普伦寺的气质，让这里既呈现出人类离去后颓败孤寂的萧瑟，又展现了动植物生机勃勃

▽ 东侧南翼第三回廊修复前后对比图（现场展示照片翻拍）

的繁荣。在人类与自然的博弈中，大自然用时间为武器，以无比的耐心来战斗。

　　塔普伦寺与各种生物展现了一系列奇特的共生关系，那是人工与自然、古代与当下、建设与破坏、生长与死亡、斗争与妥协、精致与粗犷、文明与蛮荒的共生。

　　参天的木棉树像章鱼一样趴在屋顶和墙壁上，粗壮的根系插入建筑之中，将完整的石屋毫不留情地撕开、崩裂。而绞杀榕也将密如蛛网般的根系附着在木棉树上，形成建筑、木棉树、绞杀榕合为一体的奇观，这便是塔普伦寺修复前的原始模样。在塔普伦寺这个人工与自然纠缠的特殊地点，人们将如何行动呢？

　　承接塔普伦寺修复工程的是印度工程队。专家面临两难，对这些树木是清除还是保留呢？古迹和古树，其实也是平等的主体，救此而杀彼，复一而毁一，是否有意义？就技术层面而言，古树已经生长在古迹里，难以分割，强行清除古树必然导致尚未坍塌

▽ 藤蔓根茎像一条条蟒蛇，在塔普伦寺内肆意蔓延　　▽ 木棉树的板根就像电影《异形》中的"抱脸虫"

的建筑解体，这是在维护古迹，还是破坏呢？最后，印度专家和工匠创造性地将自然生物现状纳入修复工程中，因地制宜地决定保留还是清除。

五百年的斗争

造就塔普伦寺"树抱石"奇观的木棉树是一种生长非常迅速的热带树种，遍布全球。它很高大，树干笔直，树冠蓬大，尤其是板根令人印象深刻。这种不定根是热带木本植物的显著特征——从树干的基部长出，斜向插入土里，就像大木板一样，故此得名。

经过人类的修整，木棉树和古迹表面上看起来共处一地，和谐相处，其实这只是它们一同走

△ 一块板根相隔，留影互不影响

▽ 如果没有钢管支撑，这株木棉树恐怕早就倾倒，顺带把周围的建筑压垮

向毁灭的过程而已。根据雷达探测，塔普伦寺古树的根基很浅，在已探测的2200条根系中，98%在地下1米以内，没有深至2米的根系，而树干一般高三四十米，最高达七八十米。建筑在它的生长周期里起到了一定的支撑作用，而木棉树毫无节制地生长，迟早会瓦解建筑结构。当建筑倒塌后，附着其上的木棉树就成了无本之木，很容易被热带风暴摧毁。吴哥遗迹中就有不少死掉的木棉树横倒在一堆乱石之中。

阴险的敌人

塔普伦寺中有一扇小门，远远看去是被木棉树包裹着，走近才发现，除了粗大的、褐色的木棉树板根，还有一层光滑的灰色树根盘根错节地覆盖在木棉树根上，就像密密的蜘蛛网，这就是绞杀榕。

如果说木棉树是古建筑的"破坏之王"，那么绞杀榕就是高大树木的"终极杀手"。绞杀榕在生长过程中会生出许多气根，这些细根紧紧缠绕在它们寄生的树干上，抢夺阳光、养分，最终将寄主绞杀致死。木棉树利用板根与建筑正面搏斗，而绞杀榕则利用看似柔弱，实则敲骨吸髓的气根来削弱寄主、强壮自己。

现存阇耶跋摩七世兴建的建筑确实展现了他统治的吴哥王朝

△ 绞杀榕才是终极杀手

是多么强大稳定，然而我们在清理石壁上的苔藓、拨开浮雕上的藤蔓、破解石碑上的记载后，就能知晓吴哥王朝同塔普伦寺的无声斗争，同历史上其他著名帝国一样，也充斥着尔虞我诈，互相杀伐，同样陷于胜利和失败、荣耀与耻辱的轮回。如同木棉树和绞杀榕缓缓侵蚀伟大的建筑，外部侵略和内部争斗也蚕食着真腊。

　　帝国并不是突然死亡，只是慢慢凋零。

在湮没的历史中微笑

第六章

四面佛的世界

——巴戎寺

黄金时代开创者

　　吴哥王朝的第一任君主是阇耶跋摩二世，建国于802年；最后一个亡国之君叫蓬黑阿·亚特，于1432年放弃吴哥。王朝前后共计36任君主，享国祚630年，这个时间比我们熟悉的唐、宋、元、明、清任何一朝都长。掐头去尾，普通游客只用记住其中两个君主就够了，苏耶跋摩二世和阇耶跋摩七世。苏耶跋摩二世兴建了伟大的吴哥寺；阇耶跋摩七世则创造了崭新的建筑风格，其中最著名、规模最大的3座寺庙为圣剑寺、塔普伦寺和巴戎寺，分别献给国王的父亲、母亲和他自己。

　　阇耶跋摩七世登位前的30年，吴哥帝国一直处在风雨飘摇之中。正是他率领真腊水军在1181年的水战中击败中南半岛上的宿敌占婆，取得了决定性胜利，顺势光复了被占婆攻陷的吴哥城，扶真腊王国于将倾。这段战史在巴戎寺第一层回廊的浮雕中得以精彩呈现。阇耶跋摩七世在同年登基为真腊国王，那时他已经56岁了，此后他命令军队乘胜追击，一举攻陷了占婆的首都。占婆的主体民族占族彻底失去了国家，现在以少数民族身份分布在越南、柬埔寨、泰国等地。

阇耶跋摩七世在位时期的领土比苏耶跋摩二世时代还要广阔，除了现在的柬埔寨本土，还包括越南中南部、老挝、泰国以及马来半岛和缅甸的一部分，开创了史称"第三吴哥时期"的黄金时代。

佛光普照真腊

阇耶跋摩七世上台后干了一件极其冒险的事 —— 以大乘佛教取代印度教，使其成为真腊国教。这项大手笔绝非心血来潮，他从小就研习佛教教义，加之两个妻子的鼓动，更是要一心弘扬佛法。

从印度教改宗佛教的过程并不算激烈，因为这两个宗教之间有着千丝万缕的联系。佛教发端于印度文化圈，兼收并蓄了很多印度教的元素，如大梵天、吉祥天女、四大天王是佛教中的护法神；许多异兽，如那伽、迦楼罗也是佛教中的天龙八部之一。最能体现两教关系紧密的是毗湿奴，在印度教教义中，他的化身之一就是佛陀。

阇耶跋摩七世虽然推崇佛教，但并没有取缔印度教，教徒可以正常活动，只是没有再兴建大型印度教寺庙罢了。而婆罗门贵族和祭司依旧在宫廷里掌握很大的权势。君主能够以宽容的姿态对待异教徒，在古代社会并不多见。这一方面证明阇耶跋摩七世大度仁慈，另一方面也是他充满自信的表现吧。

基于大乘佛教普度众生的思想，阇耶跋摩七世建设了大量公共设施。考古学家在一所医院的遗址上发现了一块碑铭："他的臣民生病给他带来的痛苦要比自己生病还要痛苦；百姓身体上的疼痛也是他精神上的疼痛，而且更加厉害。"

阇耶跋摩七世在位期间，各类道路、水库、医院、火房[6]、寺庙等工程以超快的速度兴建。这可能是因为他登基时已经年近六旬，自觉时日无多，为了完成圆满的功业，不得不加快进度。

据推测，阇耶跋摩七世1215年离世，享年90岁。他的宗教改革在生前还算成功，不过这也开启了真腊王国思想混乱的序幕，为后来印度教反扑、上座部佛教乘虚而入埋下了伏笔。

真腊王国在阇耶跋摩七世时代迸发出短暂而炫目的光芒，而

---

6 "火房"建在王国境内主要公路上，大约每隔16千米设置一个。其功能尚不清楚，合理的推测是客栈或者驿站，是一套遍及全境的交通服务系统和情报传递系统。

后吴哥王朝的能量逐渐消耗殆尽，永久陷入黑暗之中。巴戎寺正是这最后辉煌中最耀眼的一颗明珠。

石头上的"清明上河图"

巴戎寺给我的第一印象，像极了《指环王》里大反派的老巢"魔多"，远看怪石嶙峋，青灰色的石头泛着冷冷寒光，和常见的吴哥寺庙的气质截然不同。巴戎寺第一层回廊东西长约160米、南北长约140米，其浮雕论规模不如吴哥寺，描绘的场景也比不上吴哥寺的壮观。巴戎寺浮雕主要是为了赞颂阇耶跋摩七世的功勋，

▽ 冷峻的巴戎寺正立面

但吴哥寺浮雕早就珠玉在前，也就无甚惊艳，不过浮雕的下半部分却让考古学家惊喜不已——竟然有很多小石人在那里"生活"。就像张择端的《清明上河图》描绘了繁华的汴京一样，巴戎寺回廊的浮雕则展现了古高棉人的生活片段。

这些不起眼的浮雕也许只是工匠对主场景的点缀，但恰恰就是强烈的生活气息吸引了现代人的关注，一下子拉近了古人与今人的距离。剥去了那层厚厚的宗教外衣，这些浮雕还原了一个真实的吴哥。不论在哪个国家、哪个时代，都有亘古不变的东西埋在心中，这才是真正的"真实"，而不是统治者虚构的"真实"。

来自中国的盟友

由于屋顶坍塌，巴戎寺第一层回廊基本都暴露在室外，浮雕墙的上半部分被苔藓侵蚀大半。第一幅浮雕的主题是阇耶跋摩七世在登基前率领吴哥大军鏖战占婆军队。

▷ 两军对垒，左侧是吴哥勇士，右侧是占婆士兵

真腊士兵的武器是一支标枪和一面盾牌，很多人甚至连盾牌都没有，弓箭算是比较高级的武器了。真腊士兵最大的外貌特点是耳朵特别长，几乎垂肩。凶恶的占婆人也大量出现在浮雕里，他们的装备似乎更胜一筹，都穿着装饰有花纹的盔甲，头上还戴着圆锥形的头盔。双方看上去势均力敌，混战一团。

浮雕中还有第三种士兵形象。他们梳着发髻，留着山羊胡子，身披战袍，为真腊助战。专家论证这是来自中国的远征军，他们昂首挺胸，装备上佳，战斗力不俗。

不过，这里似乎有些可疑。阇耶跋摩七世大战占婆发生于1177—1181年，当时中国正值南宋时代，朝廷北伐失败不久，军事实力落于下风，国内也是动荡不断。况且真腊并不同中国直接接壤，因此宋军不太可能出兵支援阇耶跋摩七世。

移民生活

不少人误会真腊是瘴疠蛮荒之地，只要看看巴戎寺的浮雕就知道，吴哥其实相当繁荣，浮雕上就有一群中国商人围坐在一起讨论买卖的情形。当时中国出口的都是高附加值商品，如青瓷、漆盘、丝绸等，真腊则依靠象牙、犀角、黄蜡、香料等土特产换取这些奢侈品。真腊的生活成本低，而中国的优质商品大受欢迎，于是很多中国商人赚了钱后，便留在吴哥安家了。

衣食无忧之后，生活里就缺少不了有益的娱乐活动，比如斗

△ 中国人的商业会议

△ 斗鸡运动，其乐无穷

鸡。在巴戎寺南侧回廊的浮雕上，有两个男人跪在地上弯着腰，每人手里抱着一只健美的公鸡。两只好斗的公鸡也跃跃欲试，随时准备从主人的怀里冲出来。这是一场国际比赛，参赛的分别是真腊和大宋的斗鸡高手。左边的高棉人耳垂特别长，右边的中国人都梳着汉族式样的发髻。高棉人似乎很有信心，面带微笑看着自己的"战士"；中国人则噘着嘴，怒视对手的斗鸡。擂台后面，高棉人和中国人自动分成两派，看上去似乎比斗鸡及其主人更加激动。两边还各有一人手中紧紧抱着一个钵子，大概装着数量不菲的赌资吧。

这幅只占据了很小面积的浮雕，却精细刻画了5个高棉人、3个中国人和2只斗鸡的形象，生动鲜明、真实活泼的生活气息扑面而来。

△ 饕餮盛宴

△ 马戏团的精彩演出

高棉人的夜宴

一场盛大的宴会正在热火朝天地准备着，人们生起篝火，支起烤架，上面密密麻麻串着食材。一个人翻动烤架使之受热均匀，另一个人则挥动着棕榈树枝来加大火势。烧烤堆的左边架着一口大锅，有个小孩子趴在地上对着灶火呼呼吹气，另一个壮汉则倒拎着一整头乳猪往锅里扔。这顿大餐分量很足，还有人头顶手托着大大的餐板，上面密密地排列着酒杯。

浮雕底层刻画的这些烤肉、蒸煮、端茶送酒的人都是仆人，达官显贵们正在欣赏杂耍表演。一个艺人躺在地上，双腿伸向空中，脚板托起一个巨大的木轮，蹬得如风火轮一般呼呼作响。旁边的观众目不转睛，喝彩连连。这套节目跟中国的传统杂技"蹬鼓"颇有异曲同工之妙。一个大汉半跪在地上，伸出双臂，掌心向上。三个小朋友分别站在他的双手和头顶上，模仿阿普萨拉仙女的舞姿，宛若赵飞燕作掌上舞。

虽然浮雕是静止的，但我仍能感受到古高棉人充实而热情的生活。可惜的是，这面墙上的浮雕保存状况不佳，苔藓侵蚀到浮雕底部，人物的表情细节基本缺失，还有些人物的动作无法辨认，殊为可惜。

婚姻、家庭和伦理

巴戎寺第一层回廊的南侧有一幅刻画分娩场景的浮雕。《真腊风土记》里有专门一节《产妇》介绍浮雕中的内容，不过周达观的记录关注点在于真腊妇女奇异的婚姻生活。

中国女性产后要坐月子，西方人则无此惯例，而周达观笔下的古高棉妇女产后恢复更快。她们在生产完毕后，家人立即将盐拌入热饭，一起塞进阴道疗伤，一昼夜后再清除干净，从此便康复如初，"产中无病，且收敛常如室女"。周达观还亲眼看见一位

▷ 除了分娩画面，这幅浮雕中还出现了木构建筑，为后世展现了古高棉人的居所样式

新妈妈产后第二天就抱着婴儿下河洗澡。

吴哥的贞操观也与中国传统完全不同。如果妻子认为丈夫房中术欠佳，可以离开丈夫，另寻新欢。丈夫出门服差役——考虑到吴哥王朝经常有工程建设和远征，这种差役一定很常见——一旦超过十日，妻子红杏出墙便无可指摘。这也从侧面反映了吴哥妇女在家庭中拥有较高地位。

《真腊风土记》还记录了真腊的另一个风俗：阵毯。这个词是周达观的发明，学者认为这大概是一个音译词。

阵毯仪式涉及的是家中养育有7—11岁处女的家庭。在仪式前半个月，女孩父母会带上供品到寺庙中选择一位僧侣担任"阵毯"的执行者。品学兼优、相貌堂堂者会先被富户选中，贫穷的家庭只能挑剩下的僧侣。穷人要等到女儿11岁时才能筹齐馈赠物品，而富户往往在女儿7岁时就行动了。有钱人家有时候还会资助穷人"阵毯"，这是积德的善举。执行"阵毯"的僧侣也不能随意更改服务对象，否则那些条件好的"上僧"业务就会很繁忙，没有工夫研习教义，而且必然会演变成一种职业，为寺庙敛财。

有适龄女儿的家庭可以在每年某一特定日期向官府报告，申领刻有标记的大蜡烛1支，以示参加"阵毯"。当夜，全城如过节般热闹。女孩家庭张灯结彩，鼓乐齐鸣，大宴宾客。家人用轿子将选定好的僧侣接来，点燃蜡烛，燃至刻度时，仪式开始。女儿与僧侣共处一室，僧人需用手指挑破女孩的童贞，将血点在其父母的额头上（或者将血滴入酒中让亲人饮用，或者让父母直接舔尝），这是对未来美好生活的祝福。天亮后，僧侣坐轿回去，结束"阵毯"仪式。理论上女儿此时应该归这位僧侣所有，因此父母还必须再缴纳布匹绵帛为女儿赎身，否则她终生不能嫁人。周达观特意标注了他所见的仪式的具体日期：大德丁酉之四月初六夜。

"阵毯"之夜后，父母便不再担忧女儿的贞操问题了，任其自由发展。真腊女子家长在"阵毯"仪式上花费了很多精力财力，到孩子正式结婚的时候反而苟简从事；而在中国人眼里，结婚才应该是女人一生中最重要的日子。这样的描写不是孤证，在元代另一本介绍海外诸国的文献《异域志》中也有类似的记载。

洞里萨战役

《左传》有言："国之大事，在祀与戎。"真腊亦是如此。战争是吴哥浮雕的常见主题，前文提到的阇耶跋摩七世与占婆的最后

▷ 占婆战舰，左上方一位真腊战士正跳上敌舰

一战——真腊水军与占婆舟师在洞里萨湖激战——也被记录在浮雕上。

不同于我们常见的国王坐在大象上，这一次阇耶跋摩七世在旌旗华盖的簇拥下，端坐战船指挥战斗。双方的战士手持利刃，列队站在甲板上，为接舷的一刹那爆发而积蓄力量。

在射程远且威力强大的火炮出现之前，水战的基本模式就是"接舷战"。终于，两艘战舰的舰艏相撞了。真腊人用铁钩钩住占婆战船，一个战士抢先跃起，高高举起长矛跳上敌舰。占婆战士也严阵以待，迎接对手的首攻。画面就在真腊勇士腾空的瞬间定格。在激烈的战斗中，有些士兵落入水中，然而等待他们的是更凶残的敌人——鳄鱼闻到鲜血的腥味，纷纷赶来凑热闹，咬住落水之人。

战争场面残暴血腥，但其中也隐藏着令人忍俊不禁的生活细节。前方大战正酣，后方的辎重队伍正在运送各种补给。一个

◁ 衣着清凉的士兵被大鳖咬住屁股

在湮没的历史中微笑

160

壮汉感觉后臀又痒又疼，回头一看，居然是一只大鳖咬住了自己的屁股！原来是队伍后面的老妪为了劳军，送来一只鳖，这个壮汉衣着清凉，不幸成为大鳖的目标。这幅浮雕大概是古高棉工匠送给后世的"彩蛋"吧。

神秘的微笑

巴戎寺里，似乎无论走到哪里，都能看到一张微笑的面孔——方正的脸上，硕大的鼻子占据几何中心，厚厚的嘴唇微张。从正面看，嘴角微微吊起，形成了著名的"吴哥的微笑"；眼尾上翘，没有瞳孔，既像睁着眼睛俯瞰帝国，又像垂下眼睑，思考佛法大义。更有趣的是，有些石脸因为风化，眼睛的上半部分线条磨损殆尽，只保留了下半部分轮廓，看上去就像完全闭眼，同阇耶跋摩七世的雕像颇有几分相似。

习惯这些面孔后，我开始观察它们。看上去似乎是同一个人的脸，但眼睛睁开的幅度、嘴角翘起的高度、脸颊的胖瘦，每一张面孔在细微之处又有稍许不同。就算是同一张脸，站在不同的角度，感受到的情绪也完全不一样。从正面看是在慈祥地微笑；稍稍偏一点儿角度，似乎就变成在不屑地讥笑；再走几步回头看，他又在闭目养神。太阳也加入其中再创作，随着光线移动，强弱

和色温变化，每一张巨脸的高光、阴影、色调也在时时刻刻发生改变，忽明忽暗，忽模糊忽清晰，忽冷峻忽热情。

巴戎寺石雕是吴哥雕塑艺术的最高成就，甚至可以说，巴戎寺本身就是一件规模巨大的超级石雕，游客不是在参观建筑，而是在这件艺术品内部徘徊。

与蒙娜丽莎的微笑一样，巴戎寺中无所不在的东方四面佛的微笑同样令人迷惑和心醉。他到底有着怎样的魔力呢？

也许是一种难以言状的"平静"。面对毫无威胁的佛像，我们能够在安详的目光下，静静地体会独处的优雅。同时，又有人时刻看着你，你可以同他目光交流，可以向他传递思绪，但他从不会不合时宜地打扰你。

监视者

在发现巴戎寺遗迹之初，人们为这些四面佛到底代表什么而争论不休。一开始学者根据惯性思维，认为是湿婆或者梵天像。到了20世纪30年代，有人考证出巴戎寺是佛教寺庙，认为四面佛代表观世音菩萨，有人进而认为是阇耶跋摩七世的容貌，还有人认为四面佛代表着大乘佛经中倡导的"慈、悲、喜、舍"4种精神，是为"大慈、大悲、大喜、大舍"，曰"四无量心"。

因为没有文献记录，专家们也没有定论。现在大家比较认同

△ 宽柔慈祥的观世音，还是不怒自威的国王　　　　△ 任何人都逃脱不了四面佛的凝视

的观点是：四面佛是按照阇耶跋摩七世形象雕刻的观世音像。无独有偶，我国龙门石窟的卢舍那大佛也是仿照武则天的容貌雕刻而成。《魏书》中更明确记载，北魏文帝下诏"有司为石像，令如帝身……为太祖以下五帝，铸释迦立像五"。

　　巴戎寺共有49座四面佛石塔，加上5座城门石塔（东南西北4座及胜利门），正好是54座，这是高棉人喜欢的数字。每一座石塔上都有一尊四面佛，朝向东南西北4个方向，似乎代表国王监视着全国的领土和万民。中间一座石塔高达45米，其余石塔如众星拱月般围在中央石塔周边。抬头仰视，四面佛显得孤傲威严，又不失宽柔慈祥，对前来朝拜的信徒而言，既有权威的压迫感，又有抚慰心境的效果，可谓恩威兼济。

信徒在四面佛不怒自威的注视下无处遁形，战战兢兢，俯首帖耳。这种强烈的心理暗示不仅贯穿朝拜巴戎寺的整个过程，更延续到离开之后的日常生活，因为这些佛像位于高高的石塔上，朝向四方，全国没有一处死角，宇宙均在他们的视野之下。四面佛观察所有人、监督所有人、看护所有人，并在修行过程中审判所有人。早期常驻吴哥的学者对此深有体会，"参观者被一种不祥的感觉笼罩着"，"我的血液都凝固了，四面八方都有眼睛在盯着我"。

神猴现身

巴戎寺继承了吴哥传统建筑的须弥山、回廊、浮雕等建筑概念和单元，但阇耶跋摩七世建造巴戎寺的理念是全新的，我们在他先前修建的圣剑寺中尚未见"四面佛"的端倪。通过他修造的建筑，我们可以尝试还原他的心路历程。

经过同占婆的长期战争和王朝内部斗争后，阇耶跋摩七世治下的真腊开始安定下来。他的首要工作是修建水库、道路、医院、驿站等公共工程，以便恢复社会秩序和生产，这些公共工程现今只剩下龙蟠水池遗址，其他都完全损毁了。此阶段的建筑都是出于实用目的而兴建，不涉及风格转变。

稍后，阇耶跋摩七世修建了两座纪念父母的寺庙，即圣剑寺（纪念父亲）和塔普伦寺（纪念母亲）。虽然阇耶跋摩七世是虔诚的佛教徒，但鉴于印度教和婆罗门在真腊仍颇具实力，因此这两座寺庙融合了印度教和佛教元素，显现出宗教调和、和平共处的局面。据记载，当时婆罗门祭司和佛教僧侣比邻而居，互不干扰。

然而，阇耶跋摩七世必须实现自己的宗教理想。等到条件具备后，他开始建造人间的终极天堂——巴戎寺。

巴戎寺和吴哥通王城为同时开工。虽然一个是寺庙，一个是都城，但它们是一个有机的整体。巴戎寺位于通王城的几何中心，至少在阇耶跋摩七世时期，它的重要性远大于处于都城之外的吴哥寺。甚至我们可以这样分析，整个通王城是一个更大规模的吴哥寺，它具备了吴哥寺的所有关键要素——护城河、城墙、参道、曼荼罗，当然还有须弥山。只不过在通王城里，对应吴哥寺三层梯台（须弥山）的是规模宏大的巴戎寺，而巴戎寺本身，又是一个按照曼荼罗思想建造的寺庙。人间的曼荼罗一层套一层，有点类似现代数学中的分形思想。

巴戎寺是阇耶跋摩七世晚年的作品。据考证可能有2次甚至3次大改动，远不像吴哥寺那样一气呵成。阇耶跋摩七世凭借帝王的权力，将国教改为大乘佛教，以一个教徒的诚心来建造巴戎寺，执着于对不朽的追求。可惜他去世后，印度教徒开始反攻倒算，并在阇耶跋摩八世（1243—1295年在位）时期掀起了一次大规模的毁佛行动。

在这次毁佛行动中，巴戎寺中央塔殿内原本供奉的观世音像被推倒，不知所踪。直到20世纪30年代，法国人在中央塔殿下的坑穴内发现了一尊被敲碎的大型佛像，据考证，很可能是在阇耶跋摩八世统治时期被破坏的。人们将佛像复原后，重新安置到南仓附近的一座凉亭里。

巴戎寺的第二层平台通道复杂而狭窄，有些地方仅容一人侧身通过，显然这是后期设计更改，强行在原有空间中增加建筑单元所致。因为平台空间变小，显得人群更拥挤了。这里大部分是来自五湖四海的游客，也有身着当地服饰的柬埔寨人在中央塔殿内参拜菩萨，还出现了2个戴着猴子面具、穿着一白一红传统舞蹈服饰的人，他们在台阶上手舞足蹈，招揽游客有偿合影。有个女游客按照他们的指令，双手抬起与肩平齐，然后向外一摊，两个"猴子"分坐两边，拥着女游客也摆出造型。我估计他们表演的是《罗摩衍那》中的一幕，女游客扮演主角罗摩，猴子们分别是猴王须羯哩婆和神猴哈奴曼。

恰在此时，神迹降临——一只真正的猴子现身了。它优哉游哉地从一座四面佛石塔上爬下来，蹲坐在石阶上，忧郁地望着远方，良久不动，仿佛在参悟"猴生"。尽管身边有这么多奇怪的两脚生物围观，猴子仍然情绪稳定，淡定从容。坐了一会儿，它

△ 600多年来，猴群陪伴着仙女

在湮没的历史中微笑

不紧不慢地开始在平台上散步，最后蹲在一尊阿普萨拉仙女的浮雕下，惹得游客们乐不可支，对着猴子疯狂拍照。猴儿也很配合，顺势躺倒卖萌，抓耳挠腮。

　　我很享受这样人与动物和谐相处的氛围。虽然人类把遗迹清理出来以供研究、游览，但并没有将雨林铲除搞大开发，还是保留了绝大部分森林供动物生存。同塔普伦寺的修复成果类似，整个吴哥遗址在进行了必要的现代化整改后，其原始风貌并未被破坏，取得了令人赏心悦目的平衡，吴哥遗迹的开发保护工作值得借鉴。

第三部分
Part three

外圈秘境

最精致的神庙、最神圣的祭坛、最苍凉的废墟

第七章
----- Chapter seven -----

风雨沧桑

小巧玲珑女王宫

外圈应该是吴哥游览项目中最辛苦的，除了女王宫稍微轻松一点，千林迦河需要爬山，崩密列则几乎完全保留原生态，需要在废墟中爬上爬下，非常消耗体力。外圈位于暹粒市区东北，距离较远，一般情况下游客都会舍tuktuk，选择包车前往。

"女王宫"（Banteay Srei）这个名字让人浮想联翩，不过这里既没有"女王"，同"宫"也扯不上关系，按照柬埔寨语意译，应该是"女人的城堡"。当这座供奉湿婆的神庙在1914年被发现时，世人惊叹于美妙绝伦的石雕，认为只有女人才能雕刻出如此细腻精致的作品，因此创造了这个名字；还有一种可能是当地人非常喜欢女王宫里的阿普萨拉仙女形象，由此得名。至于女王宫历史上真正的名号，据后来发现的碑文记载，应该是"三重世界的主

△ 女王宫正大门。比起那些大寺，显得小巧玲珑。门框上山墙呈火焰状，精致的浮雕是女王宫的最大看点

宰"（Tribhuvanamahesvara），所以称为"湿婆宫"想必是不错的。不过，除了严谨的专家，普通人大概都不会喜欢这个毫无浪漫色彩的名字。

这座寺庙建在一片红土之上，主体建筑也是由红土和红色砂岩构成。我们到达时，朝阳映照，到处红彤彤一片，煞是好看。这也是为什么旅游攻略强烈建议上午参观女王宫。

相较于早前所见吴哥其他寺庙，女王宫的规模很小，但是有着比其他寺庙更为精美的浮雕，因此不少专家推测女王宫的建成时代是1200年前后的吴哥成熟期。不过，人们在1936年发现了一

在湮没的历史中微笑

△ 毗湿奴的贴身保镖：
鸟人迦楼罗

△ 狮猴同台，最高"安防"

块碑铭，上面清清楚楚记载着女王宫始建于 967 年，其投资人是当朝国师雅吉那瓦拉哈（Yajnyavaraha），因此女王宫也算是他的家庙。

在吴哥的重要寺庙遗址中，女王宫是少数几座非国王主持修建的庙宇之一。设计者的思路非常清晰，既然在规模上无法（不敢）比肩国王的作品，那就在细节上精益求精。照理说发现了石碑，女王宫的历史应该尘埃落定了吧?不，专家认为女王宫建于967年不假，但古高棉人在此后数百年中，仍然不断对其改建甚至重建，直至遗弃。我们现在见到的雕塑风格和手法不可能是早期作品，而是在旧的寺庙里重新创作的新内容。考古学者就像侦探一样，利用一点点线索，结合逻辑推理寻找真相，尝试复原历史。

女王宫的核心部分是建在一个T字形平台上的3座寺塔，面积很小，我们绕着寺塔边走边看，竟然不知不觉转了五六圈。寺庙的门框又矮又窄，几乎没有实用功能，只能退化为一种装饰性构件，这在比例上倒也合乎女王宫的规模。出于保护目的（其实女王宫在设计之初，也没有打算让太多人进入内部），平台已经封闭，游客只能在外围欣赏。

在寺塔的每扇门前，都有一对半蹲着的、高85－90厘米的石头"保安"。它们的躯干模样相似，但相貌可大不一样。这里大致有4种不同类型的守护"天使"：第一种是长着鸟头的迦楼罗，它是毗湿奴的坐骑，战斗力超强；第二种是猴头人身的哈奴曼，战斗力更强，连毗湿奴的化身罗摩也得求他帮忙；第三种杏目圆瞪、龇牙咧嘴，这是门神夜叉，可以归类为恶鬼；第四种是狮面人身的辛玛，它和迦楼罗在通王城的战象平台同台竞技，可见武力不俗。

对于石雕而言，自然侵蚀倒还不是最直接、最紧迫的威胁，真正的致命敌人恰恰是对其市场价值垂涎三尺的偷盗者。现在游客所见的神兽石雕其实是高仿品，原件已经被搬到金边的国家博物馆收藏了，其复制品跟原件几无二致。

女王宫的浮雕也是艺术珍品，第一眼看上去不像是石头，而是木雕。雕工极其细腻，细节丰富、纹理纷繁复杂，大大颠覆我对石雕的刻板印象，显然这与质地柔软的红色砂岩基材不无关系。更难得的是，女王宫的浮雕整体保存得很好，每一寸墙壁都不留白，好似在石壁外凭空覆盖了一层华美的挂毯。这种审美情趣可能来自印度，印度人喜欢用纹路密集的精美织布贴满墙面，以

△ 猴王大对决，罗摩放冷箭

△ 墙面上布满精美的浮雕，如同覆盖了一层挂毯　△ 那罗辛哈虐杀希兰亚卡西普

显示富足。看来人们将女王宫比喻为"吴哥古迹中的明珠"实至
名归。

　　同吴哥寺、巴戎寺那种一整面墙的恢宏浅浮雕不同，女王宫
的雕刻更像一幕幕小品，鲜活地展现神话史诗的情节。

　　第一面浮雕上展现的是两只正在肉搏的猴子，取材于《罗摩
衍那》中最厉害的两个猴王兄弟相残的故事。右边的猴哥波林和
左边的猴弟须羯哩婆怒目圆睁、拳脚相加，旁边的猴崽们则显得

不知所措，惊恐万分。两大猴王的战斗力不逊于任何一个提婆或阿修罗，有多厉害呢?空口无凭，需要有参照物比较才行。

有人主张，孙悟空的原型是印度神猴哈奴曼。哈奴曼在猴子家族中战斗力仅排行第三，一二名就是上面的猴子兄弟。本来猴哥的能力稍强一点，但猴弟请来了罗摩帮忙。罗摩是天神毗湿奴的化身之一，他躲在波林身后放冷箭，我们可以从浮雕上看到罗摩拉弓放箭的一瞬间。波林阵亡后，猴弟须羯哩婆继承猴国王位，接着投桃报李，派遣哈奴曼给罗摩当助手，并在最后和魔王的大决战中派遣猴军帮助罗摩。在金边的国家博物馆，还有一尊表现猴王争霸的大型石雕。两只石猴目光凶狠，孔武有力，以命相搏，扭打在一起互不相让，场景十分紧张，与这幅浮雕的情趣大相径庭。

▽ 上方的湿婆抱着娇妻，从容不迫地伸出右脚阻止山体晃动

下一个故事有点恐怖。

有一个国王叫希兰亚卡西普（Hiranyakashipu），前世是恶鬼阿修罗，不知怎么蛊惑了梵天，让其答应无论在室内或户外、白天或黑夜、地上或天上，无论是神、人或动物，都不能伤害他。后来毗湿奴和希兰亚卡西普产生矛盾，毗湿奴化身为狮面人身的那罗辛哈（Narasimha，非神非人非动物），于黄昏时候（非白天非黑夜）在门框内（非室内非户外）将希兰亚卡西普放在大腿上（非地上非天上），用利爪将其撕成两半。这是一次集智慧与武力于一体的成功谋杀。

最后一个故事还是与争斗有关。十头二十臂的魔王罗波那自命有天下第一的实力，于是到湿婆的住所凯拉萨山去挑战他。凯拉萨山就是位于我国的冈仁波齐，是藏传佛教、印度教及苯教的共同神山，也是众神居住的地方，地位类似希腊神话中的奥林匹斯山。罗波那凭借神力摇晃凯拉萨山，湿婆的妻子很害怕，于是湿婆抱住她，再用脚稳住地面，把罗波那镇在凯拉萨山下千年之久。这幅山墙上的浮雕更好玩的地方是狮子的表情特别传神，两个大神斗法，天昏地暗，狮子们一副仓皇失措的样子，咧着嘴，唯恐避之不及。

其实女王宫里面最震撼人心的雕像倒还不是宏大的史诗场景，也不是那些法力无边的大神，而是墙角里雍容华贵的仙女阿普萨拉。传说神与魔共同搅拌乳海，试图取得永生甘露，伴随着海浪翻腾破裂，在浪花上诞生了无数阿普萨拉。

△ "东方的蒙娜丽莎"

女神像摆脱了原本正面直立的呆板模式，身体略微弯曲，形成灵动的S形曲线。除了腰、腕、踝、颈、头部有少量服饰，几乎赤裸，尽显妩媚的身躯。不难发现，这尊雕塑与古印度的秣菟罗风格造像有相似之处。笈多、贵霜王朝时期的药叉女（Yakshini）石像采用更加夸张的丰乳、细腰、肥臀造型，女性更为健硕，显然与生殖崇拜密切相关。女王宫的女神像则大大弱化了这种感官审美，呈现出青春、飘逸，而又温文尔雅的女性形象。

在大神们眼里，阿普萨拉就像婢女一样无足轻重，人类工匠却在她们身上倾注了更大的热情，其优美造型被今人誉为"东方的蒙娜丽莎"。也许将阿普萨拉同希腊神话中的维纳斯类比更为妥帖，维纳斯诞生于海上的泡沫之中，也是西方文化中美丽的象征。如果文艺复兴时期的名画《维纳斯的诞生》的作者波提切利能够同女王宫的工匠切磋技艺，他们一定会惊叹彼此对美的表现手法吧。

△ 一尊保存较好的林迦和配套的尤尼台（摄于圣剑寺）

生殖崇拜的祭坛

下一站是神圣的千林迦河，顾名思义就是拥有1000个林迦的河流，也有音译名：高布斯滨（Kbal Spean）。"Kbal"的意思是"源头"，"Spean"意为"桥"，这是指河流上游有一块巨石横卧河面。

林迦其实是上古生殖崇拜的产物。古代医学不发达，生活环境恶劣，死亡率极高，人类的第一要务就是延续种群。因此生殖崇拜是几乎所有上古人类部族都经历过的阶段。

由于吴哥王朝中前期信奉印度教，所以整个吴哥遗址到处都是林迦，但大部分都遭受损毁，只剩下孤零零的尤尼座。真正看林迦的好去处其实在尼泊尔，印度教是尼泊尔的国教，在加德满都可以看到很多大小各异、完整无缺的林迦。如果说"千林迦河"的称呼名副其实，那么加德满都改名为"万林迦都"当之无愧。

千林迦河在离女王宫15千米的库伦山上，是暹粒河的源头。库伦山是Kulen的音译，高棉语的含义是"荔枝"，因此在有些资料中又称为"荔枝山"。相传有中国使节来到柬埔寨，将随船带来的荔枝种子赠给当地人，后来果实长满山头，因得此名。古高棉人将库伦山、暹粒河和洞里萨湖类比为喜马拉雅山、恒河和印度洋，他们在上游河床及河岸边密密麻麻雕刻的林迦阵，再一次凸

▽　简化为一个个圆盘的林迦

在湮没的历史中微笑

显了古人的世界观。印度教相信，流过林迦的水圣洁且具备神力，被圣化的河水可以确保下游的神庙和城市也同时得到祝福和恩赐。千林迦河可能最早在900年时就是古高棉人的圣地，大约11—12世纪开始大规模兴建。

从山脚出发，徒步爬山约45分钟才能抵达千林迦河。虽然烈日高照，但山间树木茂盛，树荫下还比较清凉，不过没有石阶供人攀爬，有几处土坡相当陡峭。每隔几百米，路边就会有一个标牌，显示距目的地还有多远。在柬埔寨内战期间，库伦山曾是交战区，因此游客还必须提防尚未排除干净的地雷，不得到警戒线外或离开大路行走。不过我并未看到警告标示，大概和平已久，这里已经是安全区了吧。

真实的千林迦河与想象中的壮观景象相去甚远。这里的林迦其实是简化版，本来立体的圣物用一个平面圆盘替代，所谓千林迦其实就是浅浅的河床上的一个个圆盘。它们或5个，或7个，围成花瓣状，或直接平铺在河床上。大部分林迦都没有配套的尤尼，少部分雕刻在方形的尤尼里。

千林迦河长约200米，大致可以分为3段，上游为王室专用沐浴区，中段供官员们使用，下游则是平民百姓的区域。其实从宗教角度考虑，下游的河水流经更多林迦，应该更圣洁才是，不过王室贵族们应该也不愿意用百姓的泡澡水来沐浴吧。

王室区的林迦和尤尼都比较大，但毕竟是吴哥文明的早期遗

△ 四脸梵天坐在莲花台上

在湮没的历史中微笑

址，同女王宫相比，这里的浮雕都显得较为简陋，而且损毁也十分严重。最显目的一组浮雕是毗湿奴横卧在巨蛇阿南塔（Ananta）身上，一朵莲花从他的肚脐里长出，印度教三大神之一的梵天就在莲花中诞生，继而开创了纷繁的世界。这个故事倒也契合了千林迦河的源头属性。

既然说到梵天，我们发现梵天的形象在柬埔寨很难见到。印度教三大主神中的毗湿奴、湿婆（林迦）到处都是，梵天去哪儿呢？实际上是因为梵天是创世神，作用跟中国传说中的盘古差不多，于是在开创宇宙天地后退居幕后了[7]。在千林迦河就有一块磨损得很严重的梵天浮雕，并不显眼。

失落的莲花池

崩密列（Beng Mealea）的字面意思是"莲花池"，由于没有发现相关碑文，其建造者和年代还不能确定。因为风格、形制都类似吴哥寺，专家据此推测崩密列大约兴建于12世纪，苏耶跋摩二世统治时期。崩密列在吴哥寺以东40千米处，再往东60千米则

7　有关梵天不受崇拜的说法不一而足。一个传说是他得罪了妻子辩才天女，被诅咒得不到祭拜。还有一个说法是梵天对湿婆和毗湿奴撒谎，于是遭到了湿婆的诅咒。

是当年吴哥王朝最大的寺庙"圣剑寺"（现位于柏威夏省，与前文重点介绍的由阇耶跋摩七世建造的"圣剑寺"只是同名而已）。这三座寺庙大致形成一条直线，显然出自精心规划。贯通它们的道路是当年最繁华的帝国要道，不过现在这些道路都已荒废在丛林之中，只有真正的探险者才会在老路上行走。

我们参观的所有景点都可以使用吴哥通票，唯一的例外就是崩密列，需单独购票。但是所有来过这里的人都赞不绝口，是什么使崩密列享有如此殊誉呢？荒废。如果要更具体一些，那就是"壮丽的荒废"。自从崩密列被发现后，就一直没有修缮，植物恣意生长，基本保持了发现之初的风貌，结果反而有一种特别的美感。在原始丛林中有如此宏大的人类文明遗迹，而它又荒废得

▽ 和小朋友在转角相遇

如此彻底，使人不禁唏嘘感慨。在吴哥诸多寺庙的译名中，我觉得"崩密列"最贴切了——崩裂的隐秘，还兼顾发音。未及其地，一股古幽之风就扑面而来。

游客入口处在崩密列南门，远远就看见一座山似的乱石堆在正前方。这是寺庙的南门楼，已经彻底坍塌了，地面上还堆放着很多石柱，表明原先这里有架空参道。

我非常享受在废墟中探索的感觉，明明前面没有路了，转过墙角居然还有一片开阔天地；明明看见有扇小门可以通行，走近一看，原来早已被长满苔藓的巨石堵住去路；明明深陷高墙包围之中，却可以顺着残垣断壁翻越到另一处院落；明明走在艳阳之下，突然间就进到伸手不见五指的石屋；明明听见幼童在嬉戏打闹，但看不见人影，转眼他们就会冲到你的面前伸手要糖。处处是惊喜，处处是意料之外的风景。

我静静坐在无人的台阶上时，看着阳光透过片片树叶，将青绿色的残壁照得斑驳，不禁又有一种悲凉之感。

当年这里一定人声鼎沸、香火旺盛，僧侣们在寺庙内修行，簇新的浮雕栩栩如生，有的还贴上了金箔。前往都城朝拜的百姓和海外客商都对崩密列的宏大啧啧称奇，然而人们最终还是遗弃了这一切，放弃了不逊于地球上其他任何种族的伟大文明。

当繁荣过后，铅华洗去，被人凿刻的石头渐渐脱去人气，重新回到自然的怀抱；宏伟的建筑在无可奈何中倒塌，化作一堆废

△ 游客只能在废墟之间自行寻找道路

墟；阿普萨拉的美丽面庞在风雨的打磨中一点点消失，任何欣赏美的人都会觉得这一切不应该发生。美好的事物应该永存不是吗？这大概就是茨威格式的悲哀——优雅美好的东西被无情地毁灭，我们只能眼睁睁目睹这一切，却无能为力。

我们都喜欢美好的东西，这仅仅是喜剧美，更能震撼人心的是毁灭性的悲剧美。鲜亮的外表只能带来肤浅的感官享受，深沉的哀痛才是久而弥笃的至美境界。

更有甚者，竟用人造废墟来满足这种审美情趣。在奥地利美泉宫中，就有一处像模像样的伪造的罗马废墟，是18世纪末的作品。这就不难解释，当穆奥带给西方世界吴哥遗迹的信息后，为何有那么多欧洲人纷至沓来。

不过，为了遏制古迹进一步损毁，保护修复工作还是不能放松。2017年，中国文化遗产研究院和柬埔寨阿普萨拉管理局签署了关于崩密列第一份双边合作开展建筑研究的备忘录。两国将在此共同考古，同时对部分建筑构件进行清理和资料收集整理，并对典型建筑实施修复。

熵之殇

崩密列是吴哥遗迹整体现状的一个典型，曾经璀璨无比的吴哥建筑群何以变成如今这副残破的模样？

人类建立了庞大的城市，靠无数人的日常维护才能维持城市的良性运转。这套体系如此精密隐蔽，以至于我们对此习以为常；这套体系又如此脆弱，一旦有一个环节出错，我们就没法正常生活，城市机能很快就会陷入混乱崩溃。

吴哥王朝的都城虽没有现代城市复杂，但同样也是一座特大型都市，算上通王城及其周边，人口达百万之众。当人类离开这里后，城市迅速退化，主导权很快就由大自然接管。它有足够的耐心和能力将这些曾耗尽真腊王国人力、物力和财力建设的非凡建筑一点点抹掉。

借用物理学的概念，人类只能通过劳动短时期内减少"熵"，而大自然将不断增加这个值，直到宇宙处处变成完全相同的混沌。

那么大自然是如何行使它的权威的呢？主要可分为3大类：物理手段、化学手段、生物手段。

柬埔寨地处热带季风气候区，气温的日变化和年变化比较明显。岩石的表面和内部受热不均，收缩膨胀不一致，产生"温差应力"现象。日积月累，再坚硬的石料也会产生裂缝，最后崩碎破裂。另外，砂岩本身也是由多种矿物质组成，主要成分是石英和长石。这两种矿物颗粒的膨胀系数不同，即便在同一温度下，热胀冷缩程度也有所差异，久而久之这些颗粒就会彼此分离，完整的石料当然也随之松裂，以上称为物理风化过程。

△ 树木包裹着建筑，绿色的青苔爬满岩壁。它们在交融缠绵还是生死肉搏

对吴哥古迹破坏更为严重的是化学风化。天然雨水可以溶解二氧化碳，使雨水呈弱酸性，而柬埔寨的蝙蝠很喜欢在屋顶下生活，于是积累的蝙蝠粪产生弱碱性的碳酸钙，两者发生化学反应，从而逐渐破坏岩石。

雨水也会产生机械性的破坏。砂岩表面打湿后，吸湿膨胀，干燥后又收缩。柬埔寨雨季随时下雨，雨停后气温又快速升高，因此岩石表面很快恢复干燥。就这样频繁地干湿交替，岩石肌理就慢慢遭到侵蚀了。

接着藓类、藻类、霉菌等微生物也加入了破坏者的行列。在无人维护的情况下，吴哥建筑不可避免地开始漏水。雨水从屋顶渗入，然后顺着墙壁肆意流淌，为微生物滋生创造了绝佳的潮湿环境。这是一支不容小觑的超级军队，虽然它们看起来弱小无力，但凭借其庞大的数量和无孔不入的生存本能，它们附着在建筑物的墙壁和屋顶上，持续破坏岩体。

清除这些微生物比重塑坍塌的建筑结构更困难。工程师们首先要阻止雨水渗入建筑，然后用化学试剂杀死这些"捣蛋鬼"。"化学武器"的效果固然立竿见影，却不能抑制其再生，微生物将再度来袭；而且试剂本身也会腐蚀岩石，并且污染环境。印度工程队在修复吴哥寺的过程中，就曾因滥用化学试剂而铸成大错。直到现在，人们也没有特别好的办法来解决微生物破坏这个难题。

第八章

------ C h a p t e r e i g h t ------

消逝的帝国

消失的帝国

经过上百年的努力发掘和考证，现在我们大致知道了吴哥王朝毁灭的过程。

阇耶跋摩七世去世后，真腊王国便开始无可挽回地走向衰落。这时古高棉人的敌人不再是东面交锋了上百年的宿敌占婆，而是来自西方的更为强大的泰人。泰人分为几股不同的势力，其中一支"素可泰"（Sukhothai）首先发难。他们征服了湄南河流域和马来半岛，向东进攻真腊，1295年之前短暂占领吴哥城（尚未有定论）。周达观到达吴哥时，古高棉人刚刚将入侵者赶走，但战争带来的破坏仍然触目惊心。《真腊风土记》有这样的记载："近与暹人交兵，（很多村落）遂皆成旷地。"

泰人建立的阿瑜陀耶王朝（Ayuthaya，亦称"大城王朝"）逐

△ 这些精美建筑的主人到底去哪儿了呢

渐崛起，并控制了其他泰族王国（素可泰王国和清迈王国都是其属国）。因此，阿瑜陀耶王朝也被认为是暹罗的第一个统一国家。团结起来的泰人从1351年开始持续进攻真腊，吴哥王朝的终结者终于杀气腾腾地出现了。

1351年底，阿瑜陀耶国王拉玛铁菩提御驾亲征，军队包围了吴哥通王城。惨烈的攻城战持续了16个月，真腊国王兰蓬在战斗中阵亡（也有观点认为是病死），王弟索里约太继续领导古高棉人抵抗。即便是阇耶跋摩七世殚精竭虑设计建造的吴哥通王城防御体系，经过150年也不可避免地老朽了，无论是护城河还是城墙，都未能挡住暹罗人的猛烈攻势。

真腊王国毕竟国力深厚，百足之虫尚死而不僵，何况是有着上百万平方千米领土的国家。虽然首都沦陷，但其他地域的抵抗仍在继续。6年后，即1357年，古高棉人在一位王室成员的领导下收复了吴哥城。然而，吴哥王朝气数已尽，最终的覆灭不可逆转。

这次暹罗没能彻底占领吴哥，除了古高棉人的激烈反抗，更重要的原因在其内部也不稳定。于是两国暂时休兵，各自处理自家的烂摊子。又过了30多年，暹罗王国拉梅萱收服了泰族的各路军阀，巩固了王权，便开始迫不及待地对外扩张，首选目标当然是已经虚弱不堪的真腊王国。

1393年，战争再次打响，暹罗军很快又包围了吴哥都城，惨烈的攻城战再度上演。这一次泰人围困了7个多月才得手，吴哥城内火光冲天，悲天泣地，血流成河。暹罗人彻底劫掠财宝后，将7万名善于工程建设的古高棉人虏为奴隶，此外还有技艺精湛的工匠和宫廷舞者，堪称柬埔寨版的"靖康之耻"。拉锯战仍在继续，直到1432年，吴哥的末日来临。一个伟大的文明行将末路，然后悄无声息地被遗忘在丛林中。

这一年是明宣德七年，全球历史似乎也暗潮汹涌。葡萄牙人占领了北大西洋的亚速尔群岛，地理大发现的时代即将到来；法国在英法百年战争中夺回了重镇沙特尔。21年后，君士坦丁堡抵挡不住奥斯曼土耳其军队的猛攻而陷落，国祚千年的东罗马帝国就此灭亡。不过古老的希腊罗马文明在欧洲得以继续传承，没有步吴哥之后尘。

蓬黑阿·亚特是吴哥王朝的末代国王，他于前一年（1431年）收复了吴哥城。此时的吴哥地区经过长年战乱，已经满目疮痍，重现昔日辉煌几无可能。更要命的是，吴哥离暹罗边境实在太近了，泰人很容易长驱直入兵临城下。在敌方进攻、我方防御的战略格局下，继续在吴哥城死扛，只会又是一轮"防守一城破"的死循环，以及更惨痛的生灵涂炭。

走吧，到洞里萨湖的南方去。那里没有敌人的侵扰，那里比邻大河便于交通，那里有肥沃的处女地等待开垦，那里没有历史的包袱，让一切都重新开始吧！

蓬黑阿·亚特刚刚重返吴哥，便做出了彻底遗弃故都的决定。这是吴哥王朝的死刑判决书，但同时开启了柬埔寨的新时代。约3个世纪前，苏耶跋摩二世将暹罗人视为可任意驱使的炮灰，他可曾预料到，最后勒死帝国的元凶竟是他们的后代！

吴哥的历史到此结束了，但为什么迁都会带来吴哥文明的消失？在中国历史上，王朝迁都的例子不胜枚举，从长安到洛阳、开封到杭州、南京到北京，谁也没有把自己的文明迁没了。城市不再是都城，但人还是那群人啊！可历史事实就是，古高棉人在逐渐南迁以避开暹罗的锋芒时，完全丢弃了自己的文化，所以我们不得不将他们的称呼加一个"古"字以区别现在的高棉人。

△ 安放蓬黑阿·亚特国王骨灰的浮屠，位于金边塔仔山。比起前任们的派头，他的永居之所可就差多了；不过反过来说，由于地处首都，维护也好得多

这一切又是如何发生的呢？

落霞余晖

对曾经几起几伏的吴哥王朝而言，军事失利、内乱动荡和都城变更在帝国630年的历史中并不鲜见。对最后离开吴哥地区的蓬黑阿·亚特国王和他的国师、大臣而言，他们仍然祈盼着一个可能：太阳落下总有再升起的时刻。神灵——不论湿婆还是佛陀——将协助帝国度过危机，迎来复兴。

只是这一次历史没有轮回。经过暹罗人的洗劫和迁都后，吴哥的太阳再也没有升起，整个地区陷入无尽的死亡黑暗之中，它给世人留下的唯一余晖就是散落在这片大平原上的近千座石质建筑。自从现代文明发现吴哥遗址起，人们就不断地追问，是什么原因使古高棉人放弃如此繁华的地域，在另一处完全没有城市基础的地方重建一个完全不一样的国家。

现代人搬家都要踌躇再三，吴哥王朝何以如此决绝地离开，须知这可是上百万人的搬迁。他们放弃的不仅是物质上的沃野千里和耗费近百代人心血的宏伟建筑，更痛苦的是放弃了血脉上的祖先陵寝和精神上的信仰祭坛。

再次回到那个问题：为什么吴哥会被遗弃？

△ 这只孤独守望的石狮永远等不回它的创造者

有关吴哥历史的第一手原始档案材料十分匮乏。除了完整的《真腊风土记》和中国史书中的只言片语，就只剩下考古出土的梵文或古高棉文石碑了。因此，以下的分析并不是铁板钉钉的结论，而是专家们在现有资料和考古证据的基础上，做出的较为合乎逻辑的推断。

神王不再

从14世纪初开始，吴哥王朝发生了一系列宫廷内乱，连续几代国王——因陀罗跋摩三世（周达观抵达吴哥时的当权者）、室利陀罗阇耶跋摩、阇耶跋摩·波罗密首罗——可能都是通过篡位或其他非正常手段上台的。但不管怎样，这些人大概还是有一定的王室血统，算是正统血脉中的内部斗争。然而波罗密首罗之后的吴哥国王是达柴·帕恩（Trosok Peam），他与王室没有任何亲缘关系。原先根深蒂固的国王即"神王"的传统就此打破，国王彻底从神坛上跌落，他只是一个统治者，不是"神"，至此整个真腊王国的思想基础发生了动摇。一个有趣的现象是，从达柴开始，以后所有吴哥王朝的国王称谓中再也没有出现"跋摩"头衔。

既然国王不是神在人间的代言人，也不是神族的后裔，更不是神灵本身，那么自然"彼可取而代也"。国王权威遭到质疑和削弱，政局陷入动荡，国力也必然逐渐式微。

上座部佛教的胜利

从13世纪中叶开始，柬埔寨的吴哥王朝和暹罗的阿瑜陀耶王朝之间爆发战争。奇怪的是，古高棉人在对抗泰人的侵略时，却渐渐接受了来自暹罗的上座部佛教，该教派阒然无声地在真腊下层民众和奴隶阶层中传播开来。婆罗门的精英和大乘佛教高僧们此时大概都想不到，最后在柬埔寨扎根并流传至今的，就是这个不起眼的、下等人热衷的宗教。

上座部佛教提倡简朴无华，反对奢侈铺张。所以当全国人民改宗上座部佛教后，吴哥王朝的"建筑狂想曲"就此告终，现代人所惊叹的吴哥文明自然也逐渐消亡。吴哥文化的承载者，那些设计神殿、撰写梵文碑铭、宣扬"神王一体"的祭司、僧侣和学者对国家的影响越来越弱。

在历史学家看来，上座部佛教正是"谋杀"吴哥文化的思想元凶；但是从当年老百姓的角度看，上座部佛教才是真正爱民、护民的心灵救星。

直至今日，柬埔寨有超过90%的人口信仰上座部佛教。男性佛教徒不拘时间长短，但一生中必须有出家当和尚的经历。剃度时，乡里亲友会像过节一样敲锣打鼓相送，还要捐赠财物。剃度出家的少年可以在佛寺里学习知识、修身养性，寺庙在一定程度上起到了普及基础教育的作用。僧侣的社会地位也很高，还承担了很多诸如教育、看病救困、排忧解难等社会性工作，有利于维持柬埔寨的社会稳定。

水利设施荒废

真腊王国之所以盛极一时，同其发达的农业生产密切相关。在一个水稻一年三熟乃至四熟的地方，通常不用担心温饱问题，能有更多的人力、物力投入工程建设或者战争。而农业是否稳定又取决于水利设施是否完善，柬埔寨地处季风性气候，旱雨季分明，水利工程是保障农作物收成的关键。

吴哥王朝后期，帝国内的水利设施建设呈现出明显的疲态。水坝、水库、蓄水池、灌排管道疏于维护，整个水利系统逐渐失去调节功能，旱灾和洪灾频繁。这导致真腊国力大损，巨大的经济损失反过来又制约了水利工程的维护，于是后期的国王即便有心重振水利，也困于财政紧张而无计可施。

如果此时吴哥百姓依旧信仰原来的宗教，仍绝对服从王权，也许情况不会这么糟。事实上，几乎所有重要的文明古国之所以能够独霸一方，都是靠的政权力量（纪律控制）和宗教力量（精神控制）的有效结合。

真腊统治者在建国伊始就将水利设施建设披上了一层宗教外衣，告诉人民这是为了取悦神灵而修建。因此，吴哥的水库都是规整的矩形，并和主要神庙的中轴线保持一致。从工程学角度来看，大可不必如此麻烦，但从宗教角度来看，这又是必须的。

因宗教信仰的改变和王权的衰落，人民要求休养生息，不愿再为神灵修建大型工程。停修寺庙连带水利工程建设也一并停止了，这为后来的灾害频发埋下祸根，也使人民生活更加困顿。

气候异常

美国科学家布兰登·巴克利（Brendan Buckley）通过分析吴哥地区的古树年轮，创建了一个包含公元1250—2008年的年降水量数据库。结果表明，在14世纪中后期，柬埔寨的季风很弱，降水偏低，到了15世纪早期，暴发了一次很严重的干旱。我们深知水资源对一个农业文明有多么重要，当吴哥地区的水库全部干涸时，真腊王国的实力也降到了最低点。干旱过后，季风气候的影响强势回归，又导致洪水泛滥。王国的农业根基遭到破坏，衰亡也就顺理成章了。

除了季风因素，土地和水资源的过度开发也导致吴哥地区生态环境恶化。经过数个世纪的耕种，土地养分耗尽，雨季带来的稀泥又不足以更新土壤，农业发展难以为继。

石头都用完了

虽然吴哥文明在哲学文化方面的遗产并不出众，但凭其独特的吴哥风格建筑和石雕，它仍在历史上占据一席之地。甚至可以说，吴哥王朝的核心历史就是一部波澜壮阔的建筑史。

△ 虽然墙壁现在空空如也，但当年全部覆盖着铜片，这些小洞也塞满了各种珍宝。没有节制的建设一点点耗尽帝国的财富，崩溃终于无可挽回

吴哥人民对修建寺庙曾抱有极大的热情，认为这是对来世的"提前投资"。这种热忱在修建吴哥寺时达到了顶点，那时真腊王国的国力也处于顶峰，因此诸如吴哥寺这样的大工程倒也和国力匹配。苏耶跋摩二世去世不久，吴哥陷入战乱，待阇耶跋摩七世重新稳定局面后，便又开始新一轮的狂热建设计划。这一次庙宇供奉的对象从印度教的湿婆和毗湿奴变成了大乘佛教的佛陀和观世音，大规模的城市建设和全国范围内的公共设施建设也同步进行。

虽然人们一如既往地对神灵奉献虔诚，但是自王朝成立之初就开始的大型工程建设延续近600年了，密布的神庙、浮雕和石碑几乎耗尽了库伦山的砂岩原料，这充分说明吴哥的统治者劳民伤财到了何等地步。由于大量劳动力用于建筑工程，导致农田水利设施的兴建维护捉襟见肘；而国家收入减少又进一步损害了直接服务于生产性工程的建设，引发恶性循环。

暹罗入侵

真腊同暹罗的战争旷日持久，双方互有胜负，尽管后期暹罗逐渐占据优势，那也是缓慢的过程。

人们喜欢戏剧性的场景。也许在大多数人心中，吴哥城的结局应该同特洛伊或君士坦丁堡的陷落一样震撼——在一场决定性的战役中，暹罗人一举击溃吴哥军队，然后挥师直取都城。万念俱灰之下，吴哥国王携百万人口仓皇出逃，身后是熊熊烈火和震天的喊杀声。他们走得如此匆忙，就连自己祖先的碑刻和文献档案都来不及携带，更不用说巨大的石头神像了。

但事实上，"吴哥陷落"要复杂得多。根据暹罗阿瑜陀耶王朝编年史记载，暹罗不断侵占真腊的领土，直至1393年占领吴哥城。胜利者洗劫了都城，抢走了很多珍贵的雕像和财宝。暹罗国王还将自己的儿子立为吴哥王，企图彻底吞并这个国家，然而古高棉人民强烈反对这个异族政权，在王族的带领下一直坚持抗争。1431年，面对暹罗的攻占，吴哥王朝已是千疮百孔、风雨飘摇。此时的国王蓬黑阿·亚特面临两难抉择：留守故都当然能够鼓舞气势，但山河凋敝，百废难兴，更要命的是暹罗军队随时还可以攻打进来。于是，迁都被提上日程。

以上是吴哥王朝衰落和都城被放弃的原因，但关于吴哥文明的消失，恐怕得从更宏观的角度分析才能得出答案。

哀莫大于"心"死

新都城金边与吴哥的直线距离不过200多千米，但在西方人发现吴哥遗迹前，居住在吴哥地区，以至整个柬埔寨的高棉人完全不知道这里曾经有一个他们直系祖先建立的文明程度相当高的王朝。民族性可以改变，但要彻底切断并非易事。

历史上很多民族都曾失去自己的文化，但古高棉人的情况十分特殊，他们仍然保持独立，在没有显著的外力压迫且自身文明在中南半岛内殊为翘楚的情况下，居然遗忘了绚烂的历史，整个民族都"失忆"了。

19世纪的高棉人对吴哥懵然无知，以至于西方考古学家推测现代高棉人不是吴哥人的直系后代。他们最早的考察报告声称古代吴哥民族彻底消失了，现居住在这片土地上的人是外来种族。

由于帝国的底层民众已经皈依上座部佛教，他们并不愿意继续供养旧时代的僧侣。上文提及，阇耶跋摩七世时代的塔普伦寺就有近8万人口为寺庙提供生活物资和服务，可见全国几乎所有人都要或多或少地供养寺庙。

当吴哥城被放弃时，平民正好借此机会摆脱寺庙的束缚远走高飞。这样的移民一波接一波，吴哥地区的人口急剧下降，即使留守故乡，民众也不愿意去维护人去楼空的寺庙，任凭恢宏的建筑渐渐坍塌，任凭树木侵蚀神殿，任凭灿烂的文化消失殆尽。虽然对吴哥寺的小规模改建一直持续，但都是局部行为，不足以影响大势。

难道没有人怀念过去的辉煌吗？当然有啊，就是那些掌握知识文化的权贵和高级祭司。他们在新都描画精细的神庙图纸、创作精妙的梵文颂歌、设计精巧的浮雕，可是再也没有人将这些呕心沥血的天才作品变成看得见摸得着的实体。没有人民的劳作，这一切只能永远停留在纸面上。

时光流逝，吴哥文化也随着老一代知识分子的相继离世而逐步凋零，最后连文字记载也消失殆尽，这就是吴哥文化衰亡的过程。它的终结不是遭遇外族入侵，而是吴哥王朝的精神支柱坍塌，古高棉人找到了更适合他们的宗教。

后世历史学家在葡萄牙人蒂欧格·都·科托（Diogo do Couto）的一份报告中发现了一件事。1550年左右，柬埔寨国王在

▽ 1550年，距离吴哥都城被废弃才不到120年，就连高棉人的国王也完全不知晓吴哥的存在

打猎途中偶然发现了一片废墟。科托写道：

> 他来到那个地方，看见了外墙的范围和高度，也想考察内墙，当即命令人们砍去和烧掉灌木丛。其间他仍然待在那里，住在一条美丽的河流旁边。当时有五六千人，劳动了好几天才完成……当一切都小心收拾干净后，国王走了进去……他对这些建筑的巨大规模惊羡不已。

辉煌之后

离开吴哥城的蓬黑阿·亚特国王将新都城建在了现在的金边地区。他在位期间，真腊抵挡住了暹罗的侵略，国内也保持着稳定。蓬黑阿·亚特死后不久，真腊内部高层爆发了无休止的王位争夺战，国力持续衰退。到了16世纪初，安赞一世（Ang Chan I）横空出世，他是吴哥陷落后最强有力的国王。

1528年，安赞一世选择洛韦（Lovek）作为王国首都。洛韦位于现在金边西北约40千米的乌栋附近。1594年，暹罗再次大举进攻真腊，攻占洛韦。这一次泰人下手更绝，将洛韦付之一炬，掳走了所有珍宝和包括王室在内的9万居民。吴哥王朝以来尚存的文献记录和文物再次遭遇灭顶之灾。从此在柬埔寨本土，除了后来考古出土石碑，就再没有吴哥的相关文字记录了。据说洛韦也是很壮观的城市，可惜已经荡然无存。

　　如果说蓬黑阿·亚特放弃吴哥城曲线救国，真腊实力尚存，那么这次都城失守则是彻底的衰落。

尾 声　在湮没的历史中微笑

在吴哥一周的游览很快结束了。我们下午离开暹粒，次日凌晨3点半就回到了国内家中。我十分困倦，却又睡不着。现代化的交通真是很神奇，白天我还在异域汗流浃背，喝着冰镇饮料，半夜就回到了寒风凛冽的武汉，裹着被子躺在熟悉的家里。中间没有过渡，就是突然穿越回来，真像做梦一样。以后的几个夜晚，我总在做梦，梦见自己在神庙上吃力地攀爬却不能登顶，梦见和天神一起拉着蛇身搅拌乳海，梦见在废墟中跟着劳拉·克劳福特飞檐走壁。

柬埔寨的国歌很适合用在本书结尾。柬埔寨拥有无比辉煌的历史，却又没有历史，它的历史已经掩盖在丛林之中，埋葬在废墟之下。石头堆砌的吴哥遗迹是柬埔寨人民珍贵的物质遗产，巴戎寺的神秘微笑是他们最宝贵的精神财富。放下历史的包袱，拥抱崭新的新世纪，才能"在湮没的历史中微笑"。

庙宇在林中沉浸梦乡，

回忆吴哥时代的辉煌，

高棉民族如磐石般坚固顽强。

柬埔寨的命运我相信，

我们的王国久经考验。

佛塔上传来悠扬颂曲，

献给光荣神圣的佛教，

让我们忠诚于我祖先的信仰。

上苍不吝啬他的恩泽，

赐予古老高棉的河山。

▽ 经过多年战乱，柬埔寨人民抵达了和平（摄于金边大皇宫）

附录一　摄影小贴士

　　柬埔寨可谓处处是景，不论是建筑古迹还是人文风情，都能让人不禁按动快门。下面我以单反相机为例来谈谈我的一点经验。

　　首先说镜头。若能从17mm广角到400mm长焦全覆盖固然最佳，但若以拍摄建筑为主题，则短、中焦的使用频率会较高，况且长焦也着实太重，携带不便。广角和标准两个变焦头灵活性很强，我认为这两支镜头能够满足90%以上的摄影需求，尤其是在室内和院内，广角

的利用率很高。

　　其次是让人又爱又恨的三脚架。"不用三脚架的摄影都是不严肃的"，我觉得这句话对专业风光摄影师而言很有必要，但对我们业余爱好者就不必苛求了。柬埔寨光照强度大，在室外几乎用不上三脚架，而室内由于保护古迹的原因，往往也不允许使用。必须使用三脚架的时刻就是日出日落，所以我建议还是带上，将其放在tuktuk车上，需要的时候再随机应变。

▽　为了得到好照片，就得这样全副武装

这次出门时间不长，所以我没有带可以一键备份的移动硬盘，而是将十几张CF卡（便携式数据存储设备）都带上了。事后我觉得这种偷懒的办法还是不可取，对于这样难得的拍摄旅行，强调备份的重要性怎么也不为过，万一CF卡出点意外，真是无法挽回。

单反相机可换镜头是一个优势，但是吴哥尘土飞扬，换镜头的时候一定要眼准手快，否则灰尘有很大概率附着在感光元件上。回到旅店不要嫌麻烦，花点时间吹吹CCD或CMOS，这都是为后期出片打好基础。

风光摄影就两大窍门：构图和用光。

在吴哥遗迹中，构图有各种选择，充分发挥大家的创造力。比如多利用广角镜头仰拍，表现建筑的高大；利用一层层门框制造"框架"效果，表现建筑的深邃；站在寺庙外围，从远方拍摄全景……另外也要记得拍摄局部和小景，散落在地上的一幅残破浮雕、刻有花纹的碎石、狰狞的蛇头都是不错的对象。有时候大全景拍出来的效果可能都差不多，但是小景往往能反映出摄影师的个人风格和眼光。

还有一个容易出片的窍门就是利用"对比"。对比可以是大小对比（建筑和人）、古代现代对比（古迹和骑自行车的小朋友）、冷暖色彩对比（灰色的建筑和穿金黄色袈裟的僧侣）、生机与死亡对比（破损的浮雕上面覆盖着一层翠绿的藤蔓）等。大家只要善于观察捕捉，拍摄难度并不大。

关于用光。在室外，我们无法操控太阳，唯一的办法就是随着光线变化选择拍摄方式。

吴哥遗迹最佳拍摄时间是7点30分到10点左右、16点至日落。这段时间阳光柔和，色温低，容易表现出建筑物的质感和层次。所以你要尽量把重要拍摄景点安排在这两个时间段内。阳光从10点30分开始就毒辣起来，适合在阴凉处寻找适合特写和局部的静物。由于吴哥遗迹建筑基本上都是坐西朝东（吴哥寺特殊，正好相反），这给摄影者带来极大的便利，只要在上午合适的时间段到达即可，不必考察诸如建筑的方位角、周边是否有遮挡物等细节。

再说色彩。在吴哥遗迹拍摄，除了要拍摄出古迹的宏大、沧桑，还要注意建筑特有的质感和色彩。吴哥遗迹的建筑材料主要是3种——砖、红土岩、砂岩，它们的质感截然不同。因此可以用小光圈、大景深的模式有意识地表现这

△ 比粒寺的红土岩在夕阳照耀下，犹如升腾起的一团火焰

样的质地，使画面有身临其境的感觉。3 种材料在不同色温和强度的光线照射下，会呈现出火红、橘红、金黄、土黄、洋红，乃至淡青、深蓝、青灰等各种各样的色调。所以光线才是描绘美景的魔术师，会在出其不意间将最美丽的画面呈现在我们面前。

观赏日出日落的两大火爆地点无疑是吴哥寺和巴肯山，但其实还有其他备选方案，比如皇家水池、比粒寺。我建议大家找一个静僻的地方，默默享受难得的清净。不去抢机位，摈弃来自外界的干扰，仅凭内心的声音来按动快门，不是更有意义吗？

柬埔寨的室外光线很强，但是吴哥遗迹室内往往却很昏暗。在没带三脚架的情况下，只能选择快门优先的模式，把相机的ISO（感光度）调高。这样照片上的噪点会很多，后期降噪操作后，锐度又有所欠缺。但在画面模糊或画质不佳的两难情况下，保持主体清晰是第一要务。

最后谈谈后期处理。为了给后期留出足够大的调整空间，必须以RAW（原始图像）格式拍摄。除了将照片按照普通流程调整黑场白场、对比度、饱和度、锐度，可以适当加些渐变滤镜来压暗天空，突出建筑主体。还可以将照片转换成黑白模式或单色调，再加点噪点划痕，这样照片看起来就更有古旧之感。

除了技术，还有个摄影哲学问题需要所有爱好者思考。

这一次旅行，我除了带上全套摄影装备，另加了一台DV。对于记录旅行过程而言，摄影和摄像当然十分必要。不过人的精力和时间有限，当把有限的个人资源投入到无限的记录工作中去后，人还有机会或者精力去欣赏美景吗？换而言之，我到底是为了自己的眼睛和亲身感受去旅行，还是为了数字内存？

我个人算是"记录派"旅行者，但我也时时反省，是否在忙忙碌碌地支起三脚架、调整相机参数的时候，忘记了欣赏美景的主体是人，而非相机。我似乎成了为相机服务的技术员。

这次吴哥旅行最大的遗憾也在于此，我们很少有机会静静地坐下来发呆，感受吴哥遗迹特有的寂寞和苍凉。这种感受是相机和录像机无论如何也记录不下来的。

附录二 吴哥王朝世系表

序号	名称	英文	在位时间	主要功绩或建筑成就	备注
第一吴哥时期					
1	阇耶跋摩二世	Jayavarman II	802—835年	统一真腊，王朝开拓者，库伦山建筑	
2	阇耶跋摩三世	Jayavarman III	835—877年		
3	因陀罗跋摩一世	Indravarman I	877—886（889）年	神牛寺、巴空寺、因陀罗水池	定都罗洛斯
4	耶输跋摩一世	Yasovarman I	886（889）—900（915）年	罗莱寺、巴肯寺、东池	第一次在吴哥地区建立都城
5	曷利沙跋摩一世	Harshavarman I	900（915）—922（923）年	巴色占空寺、豆蔻寺	
6	伊奢那跋摩二世	Isanavarman II	约923—约928年		
7	阇耶跋摩四世	Jayavarman IV	约928—约941（942）年	贡开寺	篡位者，曾在戈格自立都城
8	曷利沙跋摩二世	Harshavarman II	941（942）—944年		在戈格仅统治2—3年后就神秘去世
9	罗贞陀罗跋摩	Rajendravarman	944—968年	空中宫殿、东湄本寺、比粒寺	王室正统血脉，还都吴哥
10	阇耶跋摩五世	Jayavarman V	968—1000（1001）年	女王宫、茶胶寺	
11	优陀耶迭多跋摩一世	Udayadityavarman I	1001—1002年	北仓	
第二吴哥时期					
12	苏耶跋摩一世	Suryavarman I	1002—1049年	南仓、西池、空中宫殿、王宫	结束内战
13	优陀耶迭多跋摩二世	Udayadityavarman II	1050—1066年	巴方寺、西湄本寺	提倡宗教宽容，可能是佛教徒

序号	名称	英文	在位时间	主要功绩或建筑成就	备注
14	葛利沙跋摩三世	Harshavarman III	1066 (1067)—1080年		
15	阇耶跋摩六世	Jayavarman VI	1080—1107年		
16	陀罗尼因陀罗跋摩一世	Dharanindravarman I	1107—1113年		
17	苏利跋摩二世	Suryavarman II	1113—约1150年	吴哥寺、崩密列、斑黛色玛寺、周萨神庙、圣皮皮度寺、托玛侬神庙	再次统一全国，供奉毗湿奴
18	陀罗尼因陀罗跋摩二世	Dharanindravarman II	约1150—1160年		
19	耶输跋摩二世	Yasovarman II	1160—约1165年		
20	特里布婆那造多跋摩	Tribhuvanadityavarman	约1165—1177年		
占婆入侵（1177—1181）					
第三吴哥时期					
21	阇耶跋摩七世	Jayavarman VII	1181—1215 (1220) 年	吴哥通王城、巴戎寺、北池、塔普伦寺、圣剑寺、龙蟠水池、塔逊寺、十二塔庙、皇家浴池、医院神龛、战象平台、癞王台、斑黛喀蒂寺	大乘佛教
22	因陀罗跋摩二世	Indravarman II	1215 (1220)—1243年		大乘佛教
23	阇耶跋摩八世	Jayavarman VIII	1243—1295年		印度教
24	室利因陀罗跋摩（亦有资料称其为因陀罗跋摩三世）	Srindravarman	1295—1307 (1308) 年		上座部佛教，首次确立以巴利文为官方语言；中国使者周达观抵达吴哥
25	室利因陀罗阇耶跋摩	Srindrajayavarman	1307 (1308)—1327年		印度教
26	阇耶跋摩·波罗密首罗（亦有资料称其为阇耶跋摩九世）	Jayavarman Paramesvara	1327—约1336年		最后一位具有"跋摩"称号的国王
27	达柒帕愿	Trosok Peam	1336—1340年		传说中的君王，打死偷瓜国王的农夫；柬埔寨编入编年史时代

序号	名称	英文	在位时间	主要功绩或建筑成就	备注
28	涅槃波陀	Nippean Bat	约1340—1346年		
一代国王略					
暹罗入侵（1352—1357）					
四代国王略					
暹罗入侵（1393）					
两代国王略					
36	蓬黑阿·亚特	Ponhea Yat	1405—1431	1432年放弃吴哥，向南迁都	

注：本世系表参考了多份资料。由于学术界对吴哥王朝的认识还存在诸多争议，因此本表中君王名称、在位时间等细节可能与某些资料不同。

附录三 吴哥遗址主要建筑一览表

序号	名称	英文名	修建日期	风格	修建者	地点	宗教	修复援助国（组织）
1	通王城城墙及城门	Angkor Thom Enclosure & Gates	12世纪晚期	巴戎寺风格	阇耶跋摩七世及继承者	吴哥	佛教	美国、日本、德国、意大利、阿普萨拉管理局
2	吴哥寺	Angkor Wat	12世纪早期	吴哥寺风格	苏耶跋摩二世	吴哥	印度教（毗湿奴）	德国（砖塔）
3	巴空寺	Bakong	881年	神牛寺风格	阇耶跋摩二世、因陀罗跋摩一世	罗洛斯	印度教（湿婆）	日本
4	斑黛喀蒂寺	Banteay Kdei	1181年	吴哥寺/巴戎寺风格	阇耶跋摩七世、因陀罗跋摩二世	吴哥	佛教	
5	斑黛普瑞寺	Banteay Prei	12世纪晚期	巴戎寺风格	阇耶跋摩七世	吴哥	佛教	
6	斑黛色玛寺	Banteay Samre	12世纪早期	吴哥寺风格	苏耶跋摩二世、阇耶跋摩八世	吴哥	印度教（毗湿奴）	
7	女王宫	Banteay Srei	967年	女王宫风格	罗贞陀罗跋摩、阇耶跋摩五世的臣属	吴哥	印度教（湿婆）	法国、瑞士
8	巴方寺	Baphuon	1060年	巴方寺风格	优陀耶迭多跋摩二世、阇耶跋摩八世	通王城	印度教（湿婆）	法国
9	东池	Baray (east) Yasodharataka	9世纪	水库	耶输跋摩一世	水库中心为东湄本寺		
10	北池	Baray (north) Jayatataka	12世纪晚期	水库	阇耶跋摩七世	水库中心为龙蟠水池		阿普萨拉管理局
11	南池（因陀罗水池）	Baray (south) Indratataka	约9世纪	水库	因陀罗跋摩一世	水库中心为罗莱寺		
12	西池	Baray (west)	11世纪晚期	水库	苏耶跋摩一世	水库中心为西湄本寺		阿普萨拉管理局

序号	名称	英文名	修建日期	风格	修建者	地点	宗教	修复援助国（组织）
13	巴戎寺	Bayon	12世纪晚期	巴戎寺风格	阇耶跋摩七世/八世	通王城	佛教	日本
14	崩密列	Beng Mealea	12世纪早期	巴方寺/吴哥寺风格	苏耶跋摩二世	库伦山地区	印度教	
15	医院神龛	Chapel of the Hospital	12世纪晚期	巴戎寺风格	阇耶跋摩七世	吴哥	佛教	中国
16	周萨神庙	Chau say Tevoda	12世纪中期	吴哥寺风格	苏耶跋摩二世	吴哥	印度教	中国
17	东湄本寺	East Mebon	953年	比粒寺风格	罗贞陀罗跋摩	东池	印度教（湿婆）	
18	北仓	Khleang (north)	11世纪早期	南北仓风格	优陀耶迭多跋摩一世	通王城	印度教	
19	南仓	Khleang (south)	11世纪早期	南北仓风格	苏耶跋摩一世	通王城	印度教	
20	戈格寺	Koh Ker	928—941年	戈格风格	阇耶跋摩四世	戈格	印度教	法国，德国
21	库提斯跋罗寺	Kutisvara	10世纪中期	神牛寺/比粒寺风格	阇耶跋摩二世，罗贞陀罗跋摩	吴哥	印度教（湿婆）	
22	罗莱寺	Lolei	893年	神牛寺/巴肯寺风格	耶输跋摩一世	罗洛斯	印度教（湿婆）	
23	摩迦拉陀寺	Mangalartha	13世纪晚期	巴戎寺风格	阇耶跋摩八世	吴哥	印度教	
24	486号纪念碑	Monument 486	10世纪晚期/13世纪			吴哥	印度教/佛教	
25	龙蟠水池	Neak Pean	12世纪晚期	南北仓/巴肯山/巴戎寺风格	阇耶跋摩七世	吴哥	佛教	
26	空中宫殿	Phimeanakas	11世纪早期	南北仓/巴肯山/巴戎寺风格	罗贞陀罗跋摩、摩五世、优陀耶迭多跋摩一世、苏耶跋摩一世	通王城	印度教	
27	巴肯寺	Bakheng	约907年	巴肯寺风格	耶输跋摩一世	吴哥	印度教（湿婆）	美国
28	博克山寺	Phnom Bok	约900年	巴肯寺风格	耶输跋摩一世	吴哥	印度教（湿婆）	
29	猪山寺	Phnom Krom	约900年	巴肯寺风格	耶输跋摩一世	洞里萨	印度教	
30	库伦山遗址群	Phnom Kulen Group	约825—875年	库伦山风格	阇耶跋摩二世	库伦山	印度教	

附录三　吴哥遗址主要建筑一览表

序号	名称	英文名	修建日期	风格	修建者	地点	宗教	修复援助国（组织）
31	阿约寺	Prasat Ak Yum	8世纪	前吴哥风格		西池	印度教	
32	巴色占空寺	Prasat Baksei Chamkrong	948年	巴肯寺／戈格风格	罗贞陀罗跋摩	吴哥	印度教（湿婆）	
33	巴琼寺	Prasat Bat Chum	960年	比粒寺风格	罗贞陀罗跋摩	吴哥	佛教	
34	帕莎寺	Prasat Bei	10世纪	巴肯寺风格	耶输跋摩一世	吴哥	印度教（湿婆）	
35	青戎寺	Prasat Chrung	13世纪早期	巴戎寺风格	阇耶跋摩七世／八世	通王城	佛教	
36	豆蔻寺	Prasat Kravan	921年	巴肯寺风格	曷利沙跋摩一世	吴哥	印度教	法国、德国（浮雕、铭文、彩画）
37	牛场寺	Prasat Krol Ko	12世纪晚期	巴戎寺风格	阇耶跋摩七世	吴哥	佛教	
38	普瑞寺	Prasat Prei	12世纪晚期	巴戎寺风格	阇耶跋摩七世	吴哥	佛教	
39	十二塔殿	Prasat Suor Prat	13世纪	后巴戎寺风格	阇耶跋摩七世、因陀罗跋摩二世	通王城	佛教	
40	比粒寺	Pre Rup	961年	比粒寺风格	罗贞陀罗跋摩	吴哥	印度教（湿婆）	意大利
41	圣剑寺	Preah Khan	1191年	巴戎寺风格	阇耶跋摩七世	吴哥	佛教	美国
42	神牛寺	Preah Ko	880年	神牛寺风格	因陀罗跋摩一世	罗洛斯	印度教（湿婆）	德国、匈牙利
43	圣琵利寺	Preah Palilay	13世纪	吴哥寺／巴戎寺风格	阇耶跋摩七世、室利陀罗跋摩	通王城	佛教	
44	圣皮度寺	Preah Pithu	13世纪	吴哥寺／巴戎寺风格	苏耶跋摩二世、阇耶跋摩八世、阇耶跋摩七世	通王城	印度教／佛教	
45	王宫	Royal Palace	12世纪晚期	巴戎寺风格	苏耶跋摩二世、阇耶跋摩七世／八世	吴哥		印度尼西亚、中国（进行中）
46	石桥	Spean Thmor	16世纪	后吴哥时代	阇耶跋摩七世	吴哥		
47	皇家浴池	Srah Srang	12世纪晚期	巴戎寺风格	罗贞陀罗跋摩、阇耶跋摩七世	吴哥	佛教	
48	茶胶寺	Ta Keo	11世纪早期	南北仓风格	阇耶跋摩五世、苏耶跋摩一世	吴哥	印度教（湿婆）	中国

（续表）

序号	名称	英文名	修建日期	风格	修建者	地点	宗教	修复援助国（组织）
49	塔内寺	Ta Nei	12世纪晚期	巴戎寺风格	阇耶跋摩七世、因陀罗跋摩二世	吴哥	佛教	阿普萨拉管理局、日本
50	塔普伦寺	Ta Prohm	1186年	巴戎寺风格	阇耶跋摩七世、阇耶跋摩二世，因陀罗跋摩八世	吴哥	佛教	印度
51	塔普伦哥寺	Ta Prohm Kel	12世纪晚期	巴戎寺风格	阇耶跋摩七世	吴哥	佛教	
52	塔逊寺	Ta Som	12世纪晚期	巴戎寺风格	阇耶跋摩七世、因陀罗跋摩二世	吴哥	佛教	美国
53	蔡普拉南寺	Tep Pranam	约16世纪	后吴哥时代		通王城	佛教	
54	故象平台	Terrace of the Elephants	12世纪晚期	巴戎寺风格	阇耶跋摩七世/八世	通王城	佛教	法国
55	癞王台	Leper King	13世纪	巴戎寺风格	阇耶跋摩七世/八世	通王城	佛教	法国
56	托玛侬神庙	Thommanon	12世纪早期	吴哥寺风格	苏耶跋摩二世	吴哥	湿婆教	
57	西湄本寺	West Mebon	11世纪中期	巴方寺风格	优陀耶迭多跋摩二世	西池	湿婆教（毗湿奴）	阿普萨拉管理局、法国

△ 这些已经成仙的神奇生命静静地站在壁龛里，温婉丰满的身体如出水芙蓉般婀娜多姿，好像刚刚从莲花池里洗浴上来，脚踝上的银镯子似乎也穿越时空的阻隔，发出动听的铃声，绕梁千年

参考资料

书籍

Lawerence Palmer Briggs.*The Ancient Khmer Empire*. Chonburi: White Lotus Co Ltd,1999.

Lonely Planet公司编:《柬埔寨》,北京:生活·读书·新知三联书店,2009年。

彼得·诺思:《柬埔寨》,北京:旅游教育出版社,2009年。

陈显泗、杨海军:《神塔夕照——吴哥文明探秘》,昆明:云南人民出版社,2001年。

陈显泗:《柬埔寨两千年史》,郑州:中州古籍出版社,1990年。

陈显泗等主编:《中国古籍中的柬埔寨史料》,郑州:河南人民出版社,1985年。

大卫·钱德勒:《柬埔寨史》,北京:中国大百科全书出版社,2013年。

戴尔·布朗:《东南亚:重新找回的历史》,南宁:广西人民出版社,2002年。

顾佳赟:《丝绸之路上的东南亚文明:柬埔寨》,南宁:广西人民出版社,2018年。

卡门:《柬埔寨——五月盛放》,北京:中国青年出版社,2004年。

李晨阳等编著:《列国志·柬埔寨》,北京:社会科学文献出版社,2010年。

李颖:《"翻搅乳海":吴哥寺中的神与王》,北京:中国社会科学出版社,2016年。

梁志明等主编:《东南亚古代史》,北京:北京大学出版社,2013年。

卢军、郑军军、钟楠编著:《柬埔寨概论》,广州:世界图书出版广东有限公司,2012年。

罗杨：《他邦的文明》，北京：北京联合出版公司，2016年。

马丁·弗·黑尔兹：《柬埔寨简史：从吴哥时期到目前》，福州：福建人民出版社，1972年。

马里利亚·阿尔巴内塞：《吴哥的瑰宝》，武汉：华中科技大学出版社，2020年。

墨刻编辑部编著：《吴哥·柬埔寨玩全攻略》，北京：人民邮电出版社，2011年。

日本大宝石出版社编著：《走遍全球——柬埔寨和吴哥寺》，北京：中国旅游出版社，2008年。

赛代斯：《东南亚的印度化国家》，北京：商务印书馆，2008年。

斯特凡诺·维基亚：《千佛长廊的高棉·吴哥窟》，北京：光明日报出版社，2013年。

苏珊·伍德福德：《剑桥艺术史（全八册）》，南京：译林出版社，2009年。

汪大渊著，苏继庼校释：《島夷誌略校釋》，北京：中华书局，1981年。

王毅、袁濛茜编著：《联合国教科文组织吴哥古迹国际保护行动研究》，杭州：浙江大学出版社，2018年。

威·贝却敌：《沿湄公河而上——柬埔寨和老挝纪行》，北京：世界知识出版社，1959年。

吴为山：《吴哥雕塑艺术研究》，北京：中国文联出版社，2017年。

吴虚领：《东南亚美术》，北京：中国人民大学出版社，2004年。

谢小英：《神灵的故事——东南亚宗教建筑》，南京：东南大学出版社，2008年。

中国文化遗产研究院等编著：《柬埔寨吴哥古迹茶胶寺考古报告》，北京：文物出版社，2015年。

中国文物研究所编著：《世界遗产·柬埔寨吴哥古迹：周萨神庙》，北京：文物出版社，2007年。

周达观著，夏鼐校注：《真臘風土記校注》，北京：中华书局，2000年。

杂志

《中国国家地理》2004年第4期。

维尔布·加立特、彼得·怀特：《吴哥窟还能保存多久》，《国家地理》1982年5月刊。

视频

Discovery: Jewels in the Jungle.

Treasure Seekers: Glories of Angkor Wat.

蒋勋主讲:《吴哥窟之美》。

中央电视台纪录频道首播:《古代建筑狂想曲》。

文献

E.Uchida,Y.Ogawa,N.Maeda,T.Nakagawa.(1999).Deterioration of stone materials in the Angkor Monuments,Cambodia.*Engineering Geology*, 55(1/2):101-112.

John W.Monroe.(1995).Angkor Wat: A case study in the legal problems of international cultural resource management.*Journal of Arts Management law & Society*.

Jonathan Wager.(1995).Developing a strategy for the Angkor World Heritage Site.*Tourism Management*,16(7):515-523.

Subhash Kak.(2002).Time,Space,and Astronomy in Angkor Wat.

陈玉龙.吴哥建筑艺术发微——兼与中国城市、石窟、寺庙建筑进行对比[J]. 东南亚, 1988(01):61-64.

陈玉龙.吴哥释名及寺庙群辑录[J].内蒙古大学学报(哲学社会科学版), 1980(Z1):54-69.

郭洁.神圣与苍凉——吴哥的建筑和雕刻艺术[J].长安大学学报(建筑与环境科学版), 2004(03):45-49.

李谋.东南亚文化中的印度宗教因素[J].东南亚之窗, 2009(03):42-51.

李群.外来影响与柬埔寨民族文化的形成[J].长沙电力学院学报(社会科学版), 1999(01):86-90.

梁薇.因陀罗皇后——高棉历史中的一颗明珠[J].东南亚纵横, 2013(08):56-59.

林静静.论柬埔寨吴哥时期浮雕艺术模式[J].雕塑, 2014(02):26-29.

刘江,姜怀英.吴哥古迹的保护与修复[J].中国文物科学研究, 2006(04):63-68.

陆泓,陆帅.吴哥建筑文化地理特征[J].世界建筑, 2009(09):121-123.

陆泓,徐旌,陆恺.吴哥神庙平面规划特征[J].云南地理环境研究, 2011(01):105-110.

罗桂友.柬埔寨宗教的演变[J].印度支那, 1987(04):58-60.

满忠和.柬吴哥窟艺术遗产遭盗严重[J].国际展望, 1995(10):22-23.

乔梁,李裕群.吴哥遗迹周萨神庙考古报告[J].考古学报, 2003(03):427-458, 467-474.

少林,天枢.柬埔寨的民族、居民与宗教[J].东南亚纵横, 1994(04):25-29.

帅民风.观吴哥古迹寺庙建筑之对称意味——东南亚艺术研究(之八)[J].美术大观, 2012(08):72.

谭立峰,温玉清.吴哥古迹建筑雕塑艺术探微[J].室内设计, 2010(04):50-53.

王林安,王明,霍静思,顾军,侯卫东.柬埔寨吴哥石窟建筑结构形式及其破坏特征分析[J].文物保护与考古科学, 2012(03):14-19.

温玉清.法国远东学院与柬埔寨吴哥古迹保护修复概略[J].中国文物科学研究, 2012(02):45-49.

伍沙.柬埔寨吴哥古迹茶胶寺建筑研究[D].天津大学, 2010.

邢和平.柬埔寨古代建筑和雕刻艺术的发展[J].东南亚纵横, 1990(01):22-26.

杨昌鸣,张繁维,蔡节."曼荼罗"的两种诠释——吴哥与北京空间图式比较[J].天津大学学报(社会科学版), 2001(01):14-18.

易通著,莽萍译.论佛教寺院在柬埔寨自然保护中的作用[J].中央社会主义学院学报, 2005(06):59-61.

喻常森,L.P. 布里格斯.吴哥的衰亡:它的本质,意义,原因[J].东南亚纵横, 1994(01):26-29.

喻常森.吴哥王朝的对外关系[J].印度支那, 1988(03):20-22, 27.

张唯诚.失落于气候变化中的古代文明[J].知识就是力量, 2012(11):50-52.

图书在版编目（CIP）数据

在湮没的历史中微笑 / 张炜晨著 . -- 南京 : 江苏
凤凰文艺出版社 , 2023.12
ISBN 978-7-5594-7982-2

Ⅰ . ①在… Ⅱ . ①张… Ⅲ . ①游记 – 作品集 – 中国 –
当代 Ⅳ . ① I267.4

中国国家版本馆 CIP 数据核字 (2023) 第 172451 号

在湮没的历史中微笑

张炜晨 著

责任编辑	曹　波	
特约编辑	林立扬　张宇帆	
封面设计	杨　慧	
出版发行	江苏凤凰文艺出版社	
	南京市中央路 165 号，邮编：210009	
网　　址	http://www.jswenyi.com	
印　　刷	雅迪云印（天津）科技有限公司	
开　　本	880 毫米 × 1194 毫米 1/32	
印　　张	7.5	
字　　数	141 千字	
版　　次	2023 年 12 月第 1 版	
印　　次	2023 年 12 月第 1 次印刷	
书　　号	ISBN 978-7-5594-7982-2	
定　　价	68.00 元	

江苏凤凰文艺版图书凡印刷、装订错误，可向出版社调换，联系电话 025-83280257